edition suhrkamp 2043

Vier Erzählungen, die eintauchen in den Raum der Kindheit. Wanderungen durch die Stollen eines anderen Raums. Im Haus die Stimmen der Geschwister, des Vaters, der Stock, die Bedrohung, die sich frei staffelnden Visionen des Bruders.

Die erste Erzählung – »Das Haus« – nimmt ihren Anfang im Garten, die letzte Erzählung – »Der Garten« – erfüllt diesen Raum mit unerwartet gewendeten Bildern. »Jeder auf seinem Stern« bildet den glücklicheren Ruhepol auf der Wanderung durch die kalten Zonen der Angst. »Das Geld«: Zone des Schreckens, Phantasmagorie der Unterdrückung. »Der Garten«: Raum der Bedrohung ebenso wie Hort der Sehnsucht.

Wolfgang Hermann, geb. 1961 in Bregenz, studierte Philosophie in Wien, anschließend Wohnsitze in verschiedenen Ländern. Derzeit Universitätslektor in Tokio. Bisher erschienen: *Das schöne Leben* (1988); *Die Namen die Schatten die Tage* (1991); *Mein Dornbirn* (1991); *Die Farbe der Stadt* (1992); *Paris Berlin New York. Verwandlungen* (1992); *Schlaf in den Fugen der Stadt* (1993).

Foto: Bernard Bebin

Wolfgang Hermann
In kalten Zimmern

Vier Erzählungen

Suhrkamp

edition suhrkamp 2043
Erste Auflage 1997

Erstausgabe

Satz: Jung, Satzcentrum, Lahnau
Druck: Nomos Verlagsgesellschaft, Baden-Baden
Umschlag gestaltet nach einem Konzept
von Willy Fleckhaus: Rolf Staudt
Printed in Germany

1 2 3 4 5 6 – 02 01 00 99 98 97

Das Haus

Der Garten

Im Garten läuft mein Bruder. Er läuft, um das Gift aus seinem Körper zu schwitzen. Er hat das Gift in einer Stadt im Norden gekauft. »Gib mir deinen Verstand, gib mir deinen Verstand«, hat mein Bruder zu mir gesagt, bei der Quelle oben am Berg, und ich habe nicht verstanden. Das war, bevor die Schatten ihn einholten. Er saß da und erzählte uns, was er gesehen hatte.

Der Himmel teilt sich, sagt er, von einem großen anhaltenden Blitz. Die Erde ist von innen erleuchtet. Bäume, Straßen, Häuser sind durchscheinend hell. Eine riesige Hand greift über das Land, und von einem Friedhof strahlt ein grünes Licht. Meine Hände sind durchsichtig, ich sehe die Knochen. Es riecht nach verbranntem Fleisch. Ich will schreien, aber ich habe keine Stimme. Ich laufe, laufe so schnell ich kann, aber ich komme nicht von der Stelle, und ringsum ziehen Schatten über mir auf.

Mein Bruder ist bleich, seine Wangen sind hohl. Seine Augen glühen von einem schwarzen Feuer. Er kommt mit starrem Blick zur Tür herein und sagt wie ein Prophet: »Ich weiß, daß Vater im Krieg ein General war. Er hat gekämpft und sie alle besiegt. Niemand will es glauben. Aber vielleicht war er sogar Napoleon. Sein Schrank ist verschlossen, dort bewahrt er seine Schätze auf. Vielleicht sind es Goldtruhen aus Rußland oder Schmuck aus Ägypten. Vater ist wie ein Feldherr den Panzern vorangeschritten. Niemand hat auf ihn geschossen, denn seine Brust war aus Stahl. Er war Hitlers größter General, und wenn er gewollt hätte, hätte er die Welt besiegt. Vielleicht war er sogar Hitler selbst. Und er hat sich operieren lassen, damit niemand weiß, daß Hitler noch lebt. Zum Beweis dafür, daß ich recht habe, hypnotisiere ich die Stadt. Ich versetze sie alle in Schlaf. Die ganze Stadt wird träumen, von einem roten Land, über dem Adler mit blauen Flügeln kreisen. Sie träumen, bis ich das Zeichen gebe. Sogar oben auf den Hügeln vor der Stadt träumen sie. Sie schauen aus dem Fenster in den Traum hinein. Aber sie müssen vorsichtig sein, sie dürfen sich nicht zeigen, sonst kommen die Adler und holen sie.«

Mein Bruder steht mit erhobenen Armen da, er nimmt seine ganze Kraft zusammen, er zittert. Er stößt einen Schrei aus, hoch und schrill, einen Schrei, wie man ihn manchmal von drüben, vom

Schlachthof hört. Er läßt seine Arme sinken, und mit einem triumphierenden Blick geht er aus dem Zimmer.

Das Gras ist taufrisch. Mein Bruder läuft mit nackten Füßen. Er schreibt mit seinen Füßen eine große Acht ins Gras des Gartens. Immerzu läuft er. Er läuft am alten Apfelbaum vorbei, unter der Wäschestange hindurch, vorbei am Doktorspiel-Versteck. Beim Mauerwinkel mit der großen Spinne wendet er, es ist die Spinne, der er manchmal Fliegen bringt. Er reißt den Fliegen einen Flügel aus und wirft sie ins Netz. Manchmal dauert es lange, bis die schwarze Spinne kommt, die Fliege versucht sich zu befreien, ihre Anstrengung ist umsonst, das Netz zittert, die Spinne kommt und holt die Fliege. Ich lerne von meinem Bruder. Ich fange Fliegen und mache es ihm nach. Ich reiße ihnen einen Flügel aus und werfe sie ins Netz. Manchmal quäle ich sie auch mit Nadeln. Ich durchbohre sie mit fünf Nadeln und lasse sie auf dem Tisch laufen. Ich verstehe nicht, warum die Fliege nicht stirbt. Ich gehe spielen. Am Abend zappelt die Fliege noch immer.

Meinem Bruder tropft der Schweiß von der Stirn. Sein T-Shirt ist durchgeschwitzt. Er stemmt Waschmitteltrommeln, in die er Steine gelegt hat. Er bläht die Backen und zählt. Eins zwei fünf fünfzehn dreißig. Mein Bruder ist stark. Ich habe ihn kämpfen sehen. Er hat alle besiegt. Einmal hat ihn Karl, der zwei Häuser weiter wohnt, am Boden gehabt. Er hat den Kopf meines Bruders auf den Asphalt geschlagen, wieder und wieder. Ich bin weggelaufen und habe geschrien. Mein Bruder hat einen Verband um den Kopf bekommen.

Mein Bruder nimmt mich mit auf die Vogeljagd. Er hat einen großen Bogen und viele Pfeile. Wir schleichen uns durch die große Wiese. Mein Bruder legt einen Pfeil an die Sehne. Er schießt nach einem Vogel auf dem Baum. Der Pfeil bleibt im Stamm stecken. Da fliegt der Vogel, er fliegt im Kreis, er ist verwirrt. Mein Bruder ist der beste Schütze unserer Straße. Einmal schießt er einen Nachbarbuben halbblind. Vor dem Jugendgericht sagt er, der Pfeil ist ihm ausgerutscht. Mir sagt er, daß ihm der Pfeil nicht ausgerutscht ist. In der Nachbarschaft redet man über meinen Bruder. Ich schnitze mir einen Bogen und schneide Pfeile. Ich werde ein Jäger wie mein Bruder. Die anderen Buben haben jetzt Angst vor mir. Meine Pfeile fliegen weit. Ich treffe sehr oft das Ziel. Ich habe auch ein richtiges Messer. Vater macht ein Foto von mir.

Im Winter ist der Garten schön wie im Märchen. Der Schnee liegt hoch auf den Tannen und Büschen. Oft ist eine Amsel auf der Wäschestange. Sie dreht sich um, stößt mit ihrer Schwanzfeder, sie springt, sie fliegt davon. Hinter ihr fällt Schnee von der Stange. Mein Bruder stapft durch den tiefen Schnee, mit einem Besenstiel schüttelt er die Tannen, daß der Schnee fällt. Die Tannen richten sich auf. Überall sind jetzt Fußspuren. Man weiß nicht mehr, wo ein Hase gehoppelt, eine Katze entlanggeschlichen ist. Die Tannen stehen nackt da. Vater hat es angeordnet.

Ich höre meinen Bruder atmen. Sein Schritt ist schwer. Er läuft langsam die Acht entlang. Wo er läuft, ist das Gras gelb. Die Bäume stehen still, kein Windhauch in den Ästen, nur der immer langsamer werdende Schritt meines Bruders im Garten.

Das Wohnzimmer

Vater sitzt bewegungslos in seinem hohen blauen Sessel. Er liest die Zeitung. Neben seinem Sessel schnurrt ein Warmluftofen. Seine Füße stecken in Filzpantoffeln. Es ist ganz still, hin und wieder beugt sich Vater vor und läßt Luft aus seinem Mund. Das ist ein komisches Geräusch, wie aus einem Brunnenschacht.

Ich öffne die Schiebetür einen Spalt, ich schiebe meine Nase ins Wohnzimmer. Das Wohnzimmer riecht nach Vater. Niemand außer Vater wohnt im Wohnzimmer. Vater hat Kekse im Schrank und eine Schachtel mit Käse und ranziger Margarine. Er hat sein eigenes Brot, es ist weiß, und er ißt es, wenn es hart ist. Als Vater klein war, hat er sich zum Geburtstag einen eigenen Laib Brot gewünscht. So arm war man bei ihm zu Hause. Sogar verschlossen verströmt die Schachtel mit dem Käse ihren Geruch. Niemand sonst wohnt hier.

Vater hat mich entdeckt. Er winkt mich mit dem Zeigefinger zu sich. Ich stehe vor Vater. Er sagt, ich spiele zuviel. Ich renne den ganzen Tag mit den Kameraden durch die Wiesen. »Man muß auch etwas lernen«, sagt Vater. »Du bist alt genug. Die Schule geht vor. Du mußt lernen zu verzichten. Später, im Leben wirst du froh sein, wenn du etwas weißt. Du wirst noch an mich denken.« Vater blättert die Zeitung um. Er liest bewegungslos. Auf dem Tisch steht ein Teller, und auf dem Teller liegen Apfelschalen und das Gehäuse des Apfels. Daneben ein Messer. An der

Wand steht ein Barschrank, und auf dem Barschrank steht ein Fernseher. Wir haben den ersten Fernseher von der ganzen Straße, sogar von der ganzen Gegend. Am Mittwoch kommen die Kinder aus der Nachbarschaft, und wir sehen *Kasperle*. Das ganze Wohnzimmer ist voll von Kindern. Wenn das Kasperle fragt: »Seid ihr alle da?«, rufen wir laut: »Jaaaaa!« Zum Glück gewinnt das Kasperle immer und kann das Krokodil besiegen. Ich habe Angst vor dem Krokodil. Einmal habe ich eine Stricknadel in die Steckdose gehalten und bin mit einem Schlag davongewirbelt worden. Ich habe laut gerufen: »Das Krokodil ist gekommen!«, und Mutter hat mich getröstet. Ich habe auch vom Krokodil geträumt. Es hat nach mir schnappen wollen, und ich bin gerannt und gerannt. Aber ich bin immer auf demselben Fleck gerannt und habe nicht wegkönnen. Ich bin schweißnaß aufgewacht und war froh, daß es nur ein Traum war. Auch auf dem Klo ist das Krokodil. Es kommt durch den Abfluß und will mir etwas wegbeißen. Ich beeile mich beim Pipimachen.

Nach dem *Kasperle* rennen wir hinaus in den Garten. Wir spielen Fangen oder Räuber-und-Gendarm. Wir müssen bald aufhören. Vater steht im weißen Bürokittel auf der Terrasse. Wir machen zuviel Lärm. Wir gehen in die Wiesen, dort steht das Gras hoch, und man kann sich gut verstecken. Wir trampeln das Gras nieder. Der Bauer wird schimpfen.

Wenn Vater und Mutter fort sind, sitzen wir im Wohnzimmer und sehen fern. Am Sonntagnachmittag gibt es einen amerikanischen Spielfilm. Meine Ohren sind heiß. Ich mag nicht, daß sie soviel küssen im Film. Und dann kommt die Geigenmusik, und ich werde rot. Ich gehe in die Küche und mache mir Haferflocken mit Kakao, Milch und Zucker. Dann kommt *Bonanza*, und wir lachen über den dicken Hoss. Einmal sehen wir einen Film, in dem ein Mann die Stimme von Hoss hat. Wie ist das möglich?

Eine Tür geht, es durchfährt uns, mein Bruder macht den Fernseher aus, und Vater und Mutter stehen im Zimmer. Mit Ausreden schleichen wir uns davon, mein Bruder in den Garten, meine Schwester aufs Klo, ich auf mein Zimmer.

Vater ruft uns ins Wohnzimmer. Wir sitzen steif da. Vater sagt: »Ich möchte wissen, was ich euch getan habe.« Mein Bruder, meine Schwester und ich sehen zu Boden. Unsere Stühle sind elektrisch.

Das Eßzimmer

Mutter sitzt im Morgenmantel am Tisch. Zu ihren Füßen schnurrt ein Warmluftofen. Mutter schreibt Steuererklärungen. Sie schreibt Zahlen in ein großes langes Heft, zieht Linien mit dem Lineal. Sie trägt die Ausgaben eines Jahres in das Heft ein, und die Zahl, die am Ende herauskommt, muß stimmen. Mutters Morgenmantel ist gelb. Die Tapeten sind gelbgrün. An der Decke hängt eine gelbe Lampe. Mutter hat viele Falten. Für jede Falte eine Handvoll Sorgen. Mutter arbeitet bis spät in die Nacht. Vater kommt, sieht sich um und zieht das Stromkabel aus der Steckdose. »Es ist viel zu warm hier, wir müssen sparen«, sagt er. Meine Mutter will etwas sagen, Vater hat die Tür schon geschlossen. Im Wohnzimmer quietschen Reifen, es kracht, Schüsse. Vater sitzt vor dem Fernseher. Mutter steckt das Kabel wieder in die Steckdose. »Den ganzen Tag arbeiten«, sagt sie, »überall Pläne Skizzen Rechnungen, abends soll man frieren.« Mutter erzählt eine Geschichte aus der Kindheit. »Wir haben bei der Bahnlinie gelebt, im Haus mit der Schreinerei. Es hat Berge von Holz gegeben. Wir haben uns hinter den Holzbergen versteckt. Einer hat die Augen geschlossen und hat gezählt. Ich weiß noch genau, wie das frisch gesägte Holz gerochen hat. Einmal sind wir an der Bahnlinie entlang bis zum Tunnel gegangen. Wir haben uns an den Seiten aufgestellt und auf den Zug gewartet. Da ist der Zug dampfend aus dem Tunnel gekommen, und eine schwarze Wolke mit ihm. Wir waren schwarz wie die Raben. Auf dem Nachhauseweg haben wir überlegt, wie wir es der Mutter erklären sollen. Über dem Haus war eine schwarze Wolke, viel größer als die von der Eisenbahn. Überall rannten Leute herum, und die Feuerwehr spritzte Wasser aufs Haus. Die Holzberge standen in Flammen und das Haus auch. Vater rannte mit den Arbeitern herum, Mutter weinte. Wir alle weinten. Ich habe noch nie so viele Leute gesehen. Im selben Jahr ist mein kleiner Bruder an einem faulen Zahn gestorben.«

Mutter hat es gern gemütlich. Sie mag es, wenn der Ofen schnurrt. Manchmal singt sie vor sich hin. Meine Mutter ist eine Operettensängerin. Sie singt auf der Bühne, ich glaube, die Operette heißt *Zigeunerbaron*. Mutter ist geschminkt und trägt ein buntes Kleid. Sie singt sehr laut und die Leute klatschen. Ich schlafe ein, und mein Bruder weckt mich, meine Mutter singt wieder. Mir tun die Augen weh, es ist spät, als wir nach Hause fahren.

Vater mag es nicht, daß Mutter Operette spielt. Er sagt, er ist stolz auf sie, aber ihr Platz ist zu Hause, bei ihm und den Kindern. »Das war so abgemacht«, sagt er. »Sonst hätte ich dich nicht geheiratet.« Meine Mutter geht in die Küche und weint.

Vater hat einen Stock. Der Stock liegt auf einer Leiste hinter Vaters Rücken. Er hat vier Kanten, und an den Farbresten sieht man, daß er einmal weiß war. Wir sollen beim Essen nicht sprechen, sagt Vater. Das Essen ist zum Essen da. Man wird krank vom vielen Reden. Das Radio spricht. Es spricht hart und abgehackt, von Dingen draußen in der Welt, weit fort, von einem Erdbeben, von hungernden Kindern, von einem Mord, von Geld, von einem Krieg auf der anderen Seite der Welt. Vater ißt rasch und unruhig. Seine Augen sind gesenkt. Ich glaube, Vater kennt kein Glück. Mein Bruder redet. Vater sagt: »Schweig.« Mein Bruder hört nicht, er redet weiter. Vater holt den Stock hervor. Der Stock geht über dem Kopf meines Bruders hin und her. Mein Bruder schweigt still. Das Radio spricht, Vater macht es lauter. »Müssen wir beim Essen immer Radio hören?« sagt Mutter. »Misch du dich nicht ein«, schreit Vater, »du kochst immer so spät. Ich muß die Nachrichten hören. Ich muß wissen, was los ist in der Welt.«

Ich hasse die Welt. Ich hasse die Erdbeben und die Präsidenten, die einander besuchen. Ich hasse die Hungersnöte und den Krieg am Ende der Welt. Warum können wir nicht in den Wäldern wohnen, wie die Indianer? Warum haben wir keine Pferde und wohnen im Wind und in der Steppe? Ich will sein wie Winnetou oder Old Shatterhand oder wie Die Lange Büchse oder wie Unkas, oder ich will Robinson Crusoe sein. Ich hasse die Schule, und ich hasse Herrn Friedrich, den Lehrer. Ich hasse den steifen Kragen auf dem speckigen Hals des Herrn Pfarrer, der mit mir »Mondlandung« spielt. Ich habe die Mondlandung im Fernsehen gesehen. Was der Herr Pfarrer macht, ist ganz anders, aber er nennt es Mondlandung. Er ruft mich nach vorn ans Pult, er nimmt mich bei den Ohren und zieht mich daran hoch, bis ich auf den Zehenspitzen stehe. So macht es der Herr Pfarrer bei allen, während er von Israel und dem Gelobten Land und dem Wüstenkrieg redet.

Das Eßzimmer ist Mutters Zimmer. Es ist klein wie eine Baumhütte. Ich rutsche gern auf der Eßzimmerbank hin und her. Bei Mutter darf man alles. Es dauert lang, bis sie etwas verbietet, und manchmal schreit sie. Manchmal werfe ich beim Essen heimlich ein Stück Fleisch unter die

Eßzimmerbank. Ich bin heikel, sagt Mutter. Ich esse nur wenige Sachen. Wenn ich allein esse, kommt mein Bruder und sagt: »Du ißt Kuhfladen, das ist ein Kuhfladen, schau doch.« Er sagt es so lange, bis mir ekelt. Dann nimmt mein Bruder meinen Teller und ißt mein Essen.

Auf der Unterseite des Eßtisches habe ich einen Satz entdeckt. Da steht »Love me touch me«. Das ist englisch, und ich verstehe es nicht. Das hat bestimmt mein Bruder geschrieben oder welche von seinen Freunden, mit denen er im Sommer Orgien gefeiert hat. Vater hat gesagt, daß mein Bruder Orgien feiert, während sie im Haus in den Bergen sind. Ich weiß nicht, was Orgien sind. Aber seit mein Bruder Orgien macht, habe ich Angst vor ihm. Er hat einen unheimlichen Blick, wenn er mich anstarrt. Er lacht laut und sagt: »Der Kleine, schau dir den Kleinen an«, und er schüttelt den Kopf.

Auch meine Mutter hat einen Stock. Er liegt unberührt auf der Leiste hinter ihrem Rücken. Er hat vier Kanten und ist weiß.

Die Küche

Mutter am Herd. Sie kocht etwas Feines. Es gibt dreierlei Salat. Man muß sich etwas gönnen, wenn das Wetter schon so schlecht ist, sagt sie. Das Kippfenster ist geöffnet. Mutter singt Arien, aus *Tosca*, und das *Ave Maria*. Die Nachbarn gehen am Küchenfenster vorbei, sie schauen herein. Mutter sagt: »Grüß Gott!«, während sie weitersingt.

Mutters Küche ist alt. Von der Decke bröckelt die Farbe ab. Der Fußboden hat Wellen. Die Schubladen sind abgegriffen, ohne Farbe. Ich nehme eine Karotte und tauche sie in Zucker. Es kracht in meinem Mund. Ich decke den Tisch im Eßzimmer. Ich erzähle Mutter, daß der Herr Pfarrer wieder die »Mondlandung« mit mir gemacht hat. Und der Lehrer läßt wieder die ganze Klasse Lesebuch Seite drei abschreiben.

Mutter schneidet Zwiebeln. Sie hat nicht aufgehört zu singen. Jetzt weint sie. Aber sie hat nicht aufgehört zu singen. Im Fasching will Mutter mit uns den Wagenumzug anschauen gehen. Wir stehen angezogen in der Küche. Vater kommt, er sagt: »Ihr geht nicht zum Fasching. Mutter muß für mich etwas erledigen.« »Heute ist Feiertag«, sagt Mutter. »Heute muß niemand arbeiten.« »Du bleibst hier«, befiehlt Vater. »Ich gehe mit den Kindern«, sagt Mutter. Vater schlägt die Tür zu und geht nach oben. »Ich gehe«, schreit Mutter hinauf. »Kommt nicht in Frage«, schreit Vater herunter. Mutter geht nach oben. Wir hören sie schreien, sie weint. Wir rennen nach oben. Wir hören Schreie aus dem Schlafzimmer. Mein Bruder schlägt an die Tür, er ruft: »Aufmachen!« Es ist still im Schlafzimmer. Nur Mutters Weinen. Vater schließt auf. »Was wollt ihr?« »Mutter kommt mit uns«, sagt mein Bruder. Mutter sitzt auf dem Bett und weint. »Sie bleibt hier, verstanden?« schreit Vater. Mein Bruder schiebt Vater ins Schlafzimmer. »Mutter kommt mit uns«, schreit er. Er schiebt Vater an den Bettrand. Er wirft ihn aufs Bett. Vaters Gesicht ist grau. Vater ist ein alter Mann. Mein Bruder ist jung und kräftig, ein Bär. Er nimmt Mutter am Arm, führt sie weg. Vater sitzt verloren am Bettrand. Wir nehmen Mutter an der Hand. Wir gehen zum Faschingsumzug.

Mein Bruder sitzt draußen bei der aufgelassenen Bahnlinie. Mein Bruder ist nackt. Er kratzt sich im Gesicht, an den Schultern, an der Brust, an den Hüften, an den Beinen. Er wippt mit dem Kopf auf und ab, er neigt sich zur Seite, hierhin, dann zurück, dorthin. Langsam, sehr langsam neigt er sich, wie ein gefangenes Tier. Die Augen meines Bruders sind starr. Sie gehen irgendwohin, weit hinter den Horizont. Mein Bruder ist ein Seher. Er macht Reisen weit fort in andere Welten. Wohin mein Bruder reist, weiß niemand. Niemand kann ihm folgen. Mein Bruder streckt seine Hand aus, er zeigt in die Ferne. Nichts ist dort. Mein Bruder lächelt, er ist glücklich. In der Ferne ist ein Licht. Mein Bruder sieht den Morgenstern über der Stadt Bethlehem. Er sieht den Stall mit dem Jesuskind in der Krippe. Von den Händen meines Bruders flutet Licht. Gott spricht zu ihm. Gott sagt: »Geh nach Hause, nimm deinen Mantel und die Bibel. Deine Schwester wird eine große Tasche in den Mantel nähen, darin du die Bibel aufbewahrst. Wandere los, in der Nacht, vor aller Augen verborgen. Wandere über die Berge, nach Osten, dort braucht man dein Wort. Jetzt geh.« Mein Bruder fühlt keinen Schmerz mehr. Sein Körper ist leicht, er glänzt wie Gold. Er geht nach Hause und tut, was Gott ihm befohlen hat. Meine Schwester näht ihm eine große Tasche an die Innenseite des Mantels. Darin verwahrt mein Bruder die Bibel. Die Nacht ist da, die Sterne stehen am Himmel, es ist Winter, das Land gefroren.

Mein Bruder geht in die Nacht. Er wandert die Hügel hinauf, der Talenge entgegen. Er springt über Bäche, erklettert steile Hänge. Über den Bergen funkeln die Sterne. Die Sterne sind seine Brüder, sie weisen ihm den Weg. Mein Bruder geht nach Osten, wo die großen gefrorenen Berge sind. Er muß die Berge erklimmen. Hinter den Bergen sind Täler, Flüsse, Städte und Menschen, die auf das Wort Gottes warten. Immer tiefer sinkt mein Bruder in den Schnee. Alles ist gefroren. Es ist Winter, das Land ist tot, und ein feindlicher kalter Wind weht. Die Tiere verstekken sich, leben in der Einsamkeit. Ein Mensch kann in den Wäldern nicht überleben. Mein Bruder spürt Arme und Beine nicht mehr. Seine Nase ist tot. Er fällt in einen Bach und fühlt etwas Hartes, Eiskaltes, es ist die Hand des Todes. Jetzt stolpert er talwärts, den Lichtern der Stadt entgegen. Er verläuft sich in endlosen Bachbetten, steht vor Schluchten ohne Brücke. Er läuft, er fällt, richtet sich auf. Er weiß, daß es um sein Leben geht. Mehr tot als lebendig erreicht er bei Morgengrauen die Stadt. Er öffnet die Tür des Hauses und legt sich stocksteif ins Bett. Seine Glieder brauchen Zeit, bis Leben in sie zurückkehrt. Mein Bruder hat das Wort Gottes vergessen.

Das Büro

Herr Hammer und Herr Funir sitzen an ihren Tischen. Sie zeichnen Pläne mit dem großen Lineal. Wenn sie ein Modell von einem Haus bauen, kleben sie ein Stück Moos davor, das soll ein Gebüsch sein. Ich mag die Pläne. Ich verstehe sie nicht, aber es gibt eine richtige Ordnung in ihnen. Ich habe eine Mappe. Ich zeichne Raumschiffe und Häuser, Burgen und Waffen in die Mappe, mit dem Lineal. Ich kann sogar Perspektive. Vater lobt mich. Ich möchte einmal Ingenieur werden.

Herr Hammer ist schon lange in Vaters Büro. Er ist sehr still und lächelt freundlich, wenn ich ins Büro komme. Er hat ein Radio. Das Radio läuft so leise, daß es niemand hört. Vater hat gesagt, er muß das Radio so leise machen. Herr Hammer ist unser Mädchen für alles. Herr Hammer schlägt Nägel in die Wand, repariert ein Radiogerät, mäht den Rasen. Im Winter schaufelt Herr Hammer den Vorplatz frei. Ich glaube, das macht Herr Hammer am liebsten. Das ist schöner als im Büro sitzen und einen Apfel kauen, wenn es keinen Auftrag gibt. Herr Hammer ist nämlich nur zur Hälfte ein Büromensch. Seine andere Hälfte ist ein Bergsteiger und Radfahrer. Er fährt jeden Tag zehn Kilometer mit dem Rennrad ins Büro, außer wenn es schneit. Dann kommt Herr Hammer mit dem Gogomobil. Das Gogomobil hat drei Räder. Die Tür geht nach vorn auf. Es ist sehr lustig, wenn der lange Herr Hammer vorn aus dem winzigen Gogomobil klettert. Mit einem Nachbarsbuben schaufle ich einmal die Räder des Gogomobils mit Schnee zu. Da heult der Motor, und Herr Hammer kommt nicht vom Fleck.

Am Wochenende klettert Herr Hammer auf die Berge. Er klettert mit Seil und Steigeisen. Einmal ist Herr Hammer nach einem Wochenende nicht ins Büro gekommen. Vater war wütend und hat Frau Hammer angerufen. Aber Frau Hammer hat nicht gewußt, wo ihr Mann ist. Auch am nächsten Tag ist Herr Hammer nichts ins Büro gekommen, und Vater hat gesagt, Herr Hammer wird entlassen. Am übernächsten Tag ist Herr Hammer ins Büro gekommen, mit verbranntem und zugleich gefrorenem Gesicht. »Wir waren in den Bergen«, sagt Herr Hammer, »wir waren vier, dann ist der große Schnee und der Nebel gekommen, und einer von uns ist verunglückt. Wir anderen haben im Biwak ausgehalten und gewartet. Wir sind fast erfroren.« Vater entläßt Herrn Hammer nicht. Aber er schickt ihn auch nicht nach Hause zum Ausschlafen.

Herr Funir hat Haare wie ein Igel. Herr Funir kommt nur ins Büro, wenn es einen Wettbewerb gibt oder einen wichtigen Auftrag. Herrn Funirs Stimme ist wie die Stimme eines Igels, wenn ein Igel eine Stimme hätte.

Wenn es besonders viel Arbeit im Büro gibt, kommt ein Mann mit Lederjacke ins Büro. Er hat lange Haare. Dann steht ein großes Motorrad auf dem Vorplatz. Ich setze mich heimlich auf das Motorrad und drücke die Bremse. Das Rücklicht leuchtet. Einmal kommt der Mann mit der Lederjacke mit einer Frau. Er gibt einen Plan bei Vater ab, und die Frau wartet auf ihn. Sie hat wie er eine Lederjacke. Sie ist schön, und ich schaue sie an. Dann fahren der Mann und die Frau mit dem Motorrad davon, und ihre Haare fliegen im Wind. Ich wünsche mir auch so ein Motorrad und so eine Freundin.

Vater herrscht wie ein König im Büro. Was Vater sagt, ist Befehl. Herr Hammer gehorcht. Und Herr Funir und der Mann mit der Lederjacke gehorchen. Vater ist der König der Ingenieure. Ich hefte Rechnungen in einen Ordner. Die Rechnungen sind nach Nummern sortiert. Ich möchte einmal Ingenieur werden. Jetzt gehe ich spielen.

Die Garage

Vater fährt mit geblähten Backen das Auto in die Garage. Vaters Augen gehen hin und her, er dreht am Lenkrad. Er sitzt aufrecht hinter dem Lenkrad, er ist ganz konzentriert, niemand kann ihn jetzt stören. Vaters Backen sind immer gebläht, wenn er das Auto in die Garage fährt.

In der Schule habe ich die Backen gebläht, und der Lehrer hat gesagt, ich muß damit aufhören. Ich habe es auch nicht mehr tun wollen, es hat mir ganz von selbst die Backen gebläht, und der Lehrer hat geschrien. Vater darf die Backen blähen, wenn er will, und kein Lehrer schreit.

Unser Auto ist blau. Es hat ein weißes Schiebedach. Vater dreht an einer kleinen Kurbel, und das Dach öffnet sich. Der Fahrtwind kitzelt am Kopf. Es ist das Schönste, mit offenem Schiebedach zu fahren. Mutter darf nicht fahren. Mutter hat den Führerschein vor langer Zeit gemacht. Sie ist seitdem nie mehr gefahren. Vater sagt, Mutter kann nicht Auto fahren. Mutter sitzt stumm auf dem Beifahrersitz. Manchmal schreit sie auf, ruft Vaters Namen. Vater wehrt ab: »Sei nicht so ängstlich«, sagt er.

Mutter hat bei meiner Geburt ein grünes

Fahrrad bekommen. Vollbepackt, mit schweren Taschen an den Seiten und einer großen Schachtel auf dem Gepäckträger kommt sie vom Einkaufen. Das grüne Fahrrad steht in der Garage. Ich fahre manchmal damit auf unserer Straße.

Es gibt einen Ölfleck an der Stelle, wo sonst das rote Mofa meines Bruders steht. Mein Bruder fährt in einer gelben Pelzjacke mit dem Mofa davon. Er steht im Stadtpark bei seinen Freunden. Vater sagt, das ist eine schlechte Gesellschaft. Mein Bruder hat das schönste Mädchen der Stadt geküßt. Er selbst hat es mir erzählt.

Im Sommer fährt er mit seinen Freunden an den Fluß. Manchmal bleibt er die ganze Nacht dort. Aus Angst um meinen Bruder ist ihm meine Mutter dorthin gefolgt. Er hat meine Mutter vor seinen Freunden angeschrien. Er hat gesagt: »Verschwinde.« Meine Mutter ist mit verweinten Augen nach Hause gekommen.

Der Vater vom Nachbarbuben will mich verhauen. Er rennt fluchend hinter mir her. Es ist ein heißer Sommertag, ich bin barfuß. Ich renne in die Garage und rutsche auf dem großen Ölfleck von Vaters Auto aus. Ich schlage mir den Kopf auf dem Steinboden an. Benommen öffne ich die Zwischentür zum Haus. Im Flur liegen kühle Schatten. Der Vater vom Nachbarbuben kommt nicht ins Haus.

Der Keller

Mein Bruder ist im Keller. Er steht beim Kartoffelregal und flüstert. Er spricht mit den Geistern der toten Tiere. Mein Bruder hat eine Katze in den Keller gelockt. Er hat sie in einen Sack gesteckt und gequält. Langsam, langsam ist die Katze gestorben, mit den Zuckungen der Folter. Vom Tod der Katze sind keine Spuren geblieben. Aber es sprechen Stimmen im Keller, ein Flüstern wie draußen im Gebüsch. Und viele Mäuse haben unter der Hand meines Bruders ihr Leben gelassen. Mein Bruder hat auf sie gewartet, Stunden, gelauert wie eine Katze, dann schlug er zu, mit der Schaufel, mit dem Hammer, oder er überließ der Falle das Töten. Die Maus, die mein Bruder in den Hamsterkäfig sperrte, war riesengroß und stark. Er hat sie aus ihrem Erdloch gezogen und in den Käfig gesperrt. Er stellt den Käfig vors Haus, wir sehen uns die Maus an. Wir gehen weg, der Käfig ist unbewacht. Wir kommen zurück, wir sehen das Blut an den Stäben, zwischen denen sich die Maus durchgezwängt hat. Wir riechen das Blut und den Tod der Maus.

Die Augen meines Bruders im Keller, in jedem Winkel leuchten sie, weit offen, wie Tieraugen.

Mein Bruder ist der König der Tiere. Er tötet sie. Er ist ein Löwe. Sein Rachen ist groß. Ich fühle den Atem meines Bruders in meinem Nacken, als Mutter mich zum Essigholen in den Keller schickt.

Mein Zimmer

Ein großer Mann steht in der Tür. Sein Schatten ist kalt. In der Hand des Mannes ist eine eiserne Feder. Berührt er sie, so singt die Feder. Es ist ein toter Gesang. Aber eine Menschenstimme ist in die Feder eingesperrt. Der Mund des Mannes öffnet sich, und die Feder singt. Ich versuche mich loszureißen, meine Ohren zu verschließen, aber ich muß den Gesang der Feder hören. Es ist ein grausamer und kalter Gesang, der in der Feder eingeschlossen ist. Bewegt sich der Schatten des Mannes, so verbiegt sich auch der Gesang der Feder. Es ist, als wate ich in einem Sumpf. Ich möchte den Sumpf nicht, ich möchte die Feder nicht und nicht die Stimme, die aus ihr spricht. Die Stimme ist ein Vergleich. Ja, sie soll mit etwas verglichen werden. Aber womit nur? Ich denke nach, ich versuche mich zu erinnern, aber immer wieder schiebt sich weißes Land unter mich. Ich fühle den Schmerz der Feder, der nicht sprechen kann. Ich möchte alles ordnen, den Feind der Feder besiegen. Aber ich bin verwirrt, ich sehe den Vergleich nicht. Das Telefon läutet, die Stimme meines Vaters sagt: »Ich komme gleich.« Ich sehe die Farbe seiner Stimme, sie ist braun. Mein Vater hat eine Stimme wie Metall. Ich fühle den Dolch seiner Stimme. Licht fällt in das Gesicht des Mannes in der Tür, ich erkenne meinen Vater. Ich habe Angst. Es gibt nichts, was gegen das Blut bestehen kann. Die Stimme meines Vaters. Die Feder, deren Vergleich fehlt, ist seine Erfindung. Mein Vater will mich täuschen. Er möchte, daß ich mich in einer Feder, einer Tür, einem Bett verliere. Aber ich erkenne ihn. Ich fühle seine braune Stimme. Ich bin eingeschrieben in dieses Zimmer. Ich möchte fort. Ich möchte Vater nicht. Aber ich sehe keine Straße, keinen Fluß. Überall die gespiegelte Stimme.

Ich öffne die Augen. Es ist Morgen. Vater telefoniert. Er hat immer wichtige Geschäfte. Ich muß in die Schule. Aber ich bin so müde. Habe ich denn einen Körper für den Weg in die Schule? Eine Stimme hallt in mir, welche ist es? Frierend schlüpfe ich in meine Kleider. Es ist noch dunkel. Warum muß ich den Tag einhalten? Warum muß ich tun, was andere von mir wollen? Muß ich lernen? Muß ich verstehen? Dort lerne ich nichts. Ich habe meinen Namen vergessen. Ich möchte weit fort. Eine Straße, irgendwohin.

Das Zimmer meines Bruders

Die Hand taucht den Pinsel in die Farbe, führt ihn mit kurzem Streichen, Tupfen aufs Papier. Wie Stufen steigen die Farben an, bündeln sich dunkel im schattigen Körper des Wassers, lösen sich auf, erglühen am lichtgefluteten Horizont, wo die Sonne sinkt. Die Flügelspitzen zweier Vögel berühren sich. Weit draußen bläht ein rauher Seewind ein einzelnes Segel. Mit jedem neuen Ansetzen atmet mein Bruder laut. Er verkleinert seine Augen, wie um in die Ferne zu schauen. Er zündet eine Zigarette an und bläst den Rauch ins Bild. Mein Bruder malt den See so, wie er ihn in sich trägt. Er malt ihn mit Farben, die schreien, mit Farben, die flüstern.

Mein Bruder sitzt am Ufer des Sees und taucht seine Angel ein. Viele Stunden sitzt er unbeweglich da, wartet auf einen Fisch. Er ist selbst stumm wie ein Fisch. Langsam zieht er den Köder aus dem Wasser. Er holt aus und wirft den

Köder weit hinaus. Die Schnur läuft mit einem großen Schnurren.

Dann sitzt er unbeweglich da. Er sagt kein Wort, starrt nur ins Wasser. Ich bin ungeduldig. Ich treibe mich bei den Büschen herum. Es gibt viele alte Feuerstellen. Manchmal bleibt mein Bruder über Nacht am See, er hat eine kleine Glocke an der Angel, die läutet, wenn ein Fisch anbeißt. In der Nacht fischt er nach Aalen.

Er kommt frühmorgens mit zwei Eimern voll Fischen nach Hause. Es ist Sommer. Vater und Mutter sind im Haus in den Bergen. Mein Bruder läßt die Badewanne ein. Dann gibt er die Fische hinein. Ich ekle mich vor den Aalen. Die anderen Fische sind lustiger. Jeden Tag brät mein Bruder einen Fisch. Die Aale springen in der Pfanne. Ich gehe oft ins Badezimmer und sehe den Fischen zu. Das Wasser ist ganz gelb. Die Fische wissen, daß sie sterben müssen.

Mein Bruder steht mich hochgeschürzten Beinen im Gebirgsbach. Er starrt bewegungslos ins Wasser, die Hände in Greifstellung bei den Knien. Der Bach murmelt leise. Die Hände meines Bruders schnellen vor, ein helles Blinken, und er wirft eine Forelle ans Ufer. Wir sitzen am Feuer und essen. Es ist still im Wald, nur das warme Knacken unseres Feuers. Irgendwo weit weg ein Ruf. Die Schatten wandern schon über unsere Wangen. Mein Bruder ist ein Indianer. Er kennt alle Tiere, und er weiß, wie man eine Hütte baut. Er fällt mit seinen Freunden junge Tannen, sie bauen eine Hütte. Der Förster kommt, und Vater muß für meinen Bruder Strafe zahlen. Bei dieser Hütte sagt mir mein Bruder später: »Gib mir deinen Verstand!« Ich habe Angst.

Er sitzt mit einem langhaarigen Freund in einer Ferienhütte. In der Hütte riecht es seltsam. Der Freund ist ein Hippie, und auch die anderen sind Hippies. Sie haben lila Tücher um den Hals, sie trommeln und rauchen aus einer langen Pfeife. Ich bin zu jung, um bei ihnen zu sein. Aber ich darf in die Hütte kommen und den schönen roten Hund streicheln. Auf dem Tisch liegt ein geschwärzter Löffel. Die Hippies haben seltsame Stimmen. Sie lachen, und ich weiß nicht, warum. Sie sind nett zu mir, aber ich habe Angst vor ihnen. Vater weiß nicht, daß ich im Haus bei den Hippies bin.

Mein Bruder lebt jetzt in den Bildern. Er fliegt dort draußen mit den Möwen, im Seewind. Mein Bruder findet keine Ruhe mehr. Er malt ein Bild, um sich darin zu verstecken. Nirgendwo im Bild ist er. Er ist überall, in den Farben, die schreien und flüstern, im dunklen Wasser, in den blauen

Hügeln in der Ferne, im tiefroten Abendhimmel. Mein Bruder treibt davon, ich sehe seine Hand, sie greift ins Leere, ich kann ihn nicht halten.

Das Zimmer meiner Schwester

Meine Schwester schreit. Mutter kommt und hebt sie aus dem Bett. Sie legt ihr das Ledergestell an. Meine Schwester macht beim Gehen O-Beine. Sie fällt. Mutter hält sie bei den Armen.

Meine Schwester träumt vom Wolf. Sie rennt auf einer großen Wiese. Sie rennt und rennt, hinter ihr atmet der Wolf. Sie läuft einen Hügel hinauf, aber der Hügel ist steil, ihre Beine sind wie Gummi, sie tritt auf der Stelle. Der Wolf kommt näher, sie riecht seinen warmen Atem. Mit einemmal das Meer. Es ist tiefblau, und an der Küste sind weiße Schaumkronen. Eine Welle nähert sich, sie ist riesengroß. Meine Schwester möchte schreien, aber sie ist stumm. Langsam und schwer rollt die Welle heran. Ihr Schatten liegt auf den Häusern. Meine Schwester sitzt auf einer Schaukel und fliegt über die Schlucht. Sie fliegt hoch oben über den Tannen und dem Fluß, es tut ihr im Bauch weh.

Meine Schwester ist geschickt mit den Händen. Sie strickt Kleider für ihre Puppen. Sie zieht einer Flasche ein Kleid an, daß sie wie ein Pudel aussieht. Sie schenkt Vater und Mutter selbstgemachte Sachen zum Geburtstag und zu Weihnachten. Vater möchte aber lieber Socken haben. Er freut sich nur über etwas, das man brauchen kann. Oder er möchte eine Flasche Rotwein haben. Die stellt er auf den Wohnzimmerschrank und trinkt jeden Abend ein Gläschen.

Meine Schwester bringt ein Buch nach Hause, aus dem sie lernt, wie man abnimmt. Es gibt ein neues Wort bei uns, das heißt Kalorien. Meine Schwester sagt, Kalorien sind in allem. Ich glaube, das ist so etwas wie eine Krankheit. Ich möchte keine Kalorien haben. Aber meine Schwester redet immer davon. Auch Mutter liest das Buch. Mutter redet oft mit meiner Schwester darüber. Es gibt jetzt neue Sachen bei uns. Die Sachen heißen Müsli, Melasse, Bierhefe, das andere habe ich vergessen. Aber meine Schwester ist gar nicht dick. Einmal sehe ich durch den Türspalt ihren Busen. Mir wird heiß um die Ohren, und ich habe Wolken vor den Augen.

In der Nacht wache ich auf und höre kleine Schreie aus dem Zimmer meiner Schwester. Ich schleiche mich auf den Flur, stehe am Treppengeländer. Die Schreie kommen in Wellen, manchmal ein Auflachen. Dann wieder Flüstern. Jemand ist bei meiner Schwester, eine dunklere Stimme. Stille. Die kleinen Schreie, wieder. Ich stehe am Geländer, die Hände auf dem kalten Eisen. Jemand tut meiner Schwester weh. Ich höre ihre Lust. Ich will nicht, daß jemand bei ihr ist. Ich will ihre Lust nicht hören. Ich möchte, daß sie kommt und sagt, es ist nicht wahr. Ich möchte, daß der Mann fortgeht. Und ich möchte, daß meine Schwester fortgeht. Ich will niemanden mehr. Ich hasse alle. Die Nacht ist wie ein großer Sack.

Das Zimmer mit dem Tisch

In der Ecke lehnt ein staubiger Besen. Die Schuhe im Regal sind ausgetreten. Aus einer halbgeöffneten Lade dringt der Geruch von Bohnerwachs. Unter dem Fenster steht eine alte Bügelmaschine. Die Bügelrolle ist an den Enden gelbgesengt. Die Kleiderhaken sind voll von Mänteln, Jacken und Küchenschürzen. Ein Tuch hängt über den Rand des Tischs. Der Tisch steht auf zwei Holzböcken. Auch die Tischplatte ist aus Holz. Es gibt eine dunkle Stelle von einem Astloch. Unter dem Tisch liegen Säcke voll mit alten Kleidern und zerschlissenen Tüchern. Wenn ich mich bewege, knistert es in den Säkken. Ich liege ganz still, den Modergeruch in der Nase. Ich starre auf einen einzelnen schwarzen Frauenschuh in der Ecke, er ist von Mutter. Ein trauriger alter Regenschirm lehnt an der Wand. Für einen Augenblick ist es still im Haus, ich halte den Atem an. Eine Tür wird zugeschlagen. Ich höre meine Schwester wimmern. Jemand kommt rasch die Treppe herunter. »Schwein! Du bist ein Schwein!« Es ist die Stimme meines Bruders. Eine Tür fliegt zu, der Schlüssel fällt. »Misch dich nicht immer in meine Angelegenheiten! Immer hältst du zu den Kindern!« Es ist Vater, der hinter einer Tür schreit. Ich höre ein Weinen, es steigt auf. Es ist ein klagender Singsang. Dann Worte, geschrien, wie zu einem Kranz geflochten, kehren sie immer wieder. Immer dieselben Worte. Ich verstehe sie nicht. »Was ist nur los mit dir! Was ist los!« schreit Vater. Meine Schwester wimmert noch, dazwischen ein Schluchzen. Schritte, auf der Treppe. »Komm du mir bloß nicht unter die Augen!« schreit Vater. »Schwein du! Schwein!« schreit mein Bruder, seine Stimme überschlägt sich.

»Was hast du gesagt, was?« schreit Vater. Schritte, ein Stampfen. Ein schwerer Gegenstand fällt zu Boden. Eine Tür fliegt zu, noch eine. Ein Scharren, wie hinter Glas, ein Ruf, dann klirrt ein Teller, einmal, zweimal, zersplitterndes Glas, ein Stuhl, der fällt. »Hinaus!« schreit Vater, »hinaus mit dir!« Eine Tür wird aufgerissen, schnelle Schritte, ich sehe Füße, ein Blitzen, und sie sind fort, die Zwischentür zur Garage wird hart zugeworfen. Das Tor. Das Geräusch des Mofas. Mein Bruder fährt fort. Es ist still. Irgendwo ein Fluchen, ein Murmeln. Das Wimmern meiner Schwester. Weit fort, erstickt von Türen, Tüchern ein Schluchzen, es ist Mutter. Schritte, eine Tür wird geöffnet, noch eine, noch eine. Vater geht durchs Haus, er flucht, er murmelt. Scherben, er steigt über die zerbrochenen Teller, ein Fluch.

Meine Brust geht rasch auf und ab. Ich habe Schweiß in den Handflächen. Ich atme den Modergeruch, immer den Modergeruch, immer hier, unter dem Tisch des Zimmers ohne Namen. Ich hasse die Säcke, ich hasse ihren Geruch, ich hasse all die toten Dinge, die ich sehe. Ich hasse die Bügelmaschine. Ich hasse den Schrank. Ich hasse die Tischböcke und den Tisch. Ich hasse das Bohnerwachs. Ich hasse die Säcke, auf denen ich liege.

Ich zittere. Mir ist kalt. Ich hasse dieses Haus. Ich möchte schreien, aber ich habe keine Stimme. Vielleicht würde mein Schrei meiner Mutter und meiner Schwester helfen. Vielleicht würde er ihnen sagen, daß sie nicht allein sind. Aber ich habe keine Stimme. Das Schluchzen meiner Mutter, irgendwo, das Wimmern meiner Schwester, irgendwo. Vaters Flüche, irgendwo. Die Stille der toten Dinge. Ich bin fast so tot wie die Dinge dieses Zimmers. Dann ruft irgend jemand meinen Namen.

Jeder auf seinem Stern

Das Haus vom Onkel ist weiß und aus Holz. Wenn man die Haustür öffnet, steht man in einem langen Flur. Es gibt viele Türen. In den Zimmern liegt das helle Licht vom Garten. Onkel verschwindet in einem Zimmer mit Mappen und Büchern. Er sitzt hinter einem großen Tisch. Er kramt in Papieren und schreibt manchmal etwas auf. Er legt seine Stirn in Falten. Er zündet eine Zigarette an und geht ans Fenster. Onkel hat Sorgen. Ich weiß nicht, was Onkel tut.

Tante steht in der Küche. In den Händen hält sie einen Topf. Tante stellt den Topf auf den Herd. Sie schneidet Gemüse auf einem Holzbrett. Tante dreht sich nach mir um. Sie lächelt, sie sagt »kleiner Schlawiner« zu mir. Ich ziehe an Tantes Rock. Sie lächelt mich an. Manchmal kichert sie, wenn meine Haare sie an den Kniekehlen kitzeln. Tante ist schön.

Im kleinen Zimmer nebenan näht Tante. Sie legt Tücher auf den Tisch und zeichnet Linien auf ihnen. Sie nimmt die Schere und zerschneidet sie entlang den Linien. Für wen Tante die Kleider näht, weiß ich nicht.

Tante bügelt Onkels Hose. Sie hat viele Falten. Je länger Tante bügelt, desto mehr Falten sind in Onkels Hose.

Tante lebt auf einem kleinen Stern hoch oben. Sie hat ein kleines Haus mit einem Garten davor. Um den Garten ist ein weißer Zaun. Tante geht mit der Gießkanne durch den Garten. Die Blumen sind riesengroß und wunderschön. Wenn es dunkel wird, versteckt sich Tante zwischen ihnen. Die Sterne am Himmel sind wie ein Zelt. Tante sitzt auf einer Sternschnuppe und reitet über den schwarzen Himmel. Sie landet auf dem Dach ihres kleinen Hauses und winkt vom Schornstein herab. Tante wohnt ganz allein in dem Haus auf dem Stern. Niemand kann sie dort besuchen.

Auch Onkel hat seinen eigenen Stern. Es ist der Tisch, auf dem er in Papieren wühlt. Man muß Onkel in Ruhe lassen. Sein Stern treibt stumm, nicht am Himmel, sondern im Zimmer hinter der Tür. Ich weiß nicht, wie es auf Onkels Stern aussieht. Ich höre nur das Papier rascheln.

Auf der Treppe knarrt eine Stufe. Im oberen Stockwerk verschluckt ein Teppich meine Schritte. Ich höre Hannas Lachen. Ich lausche an der Tür. Marc sagt: »Siehst du, ich habe recht!« »Mach ihm doch nicht so große Ohren!« sagt Hanna. »Soll er ruhig über seine Ohren stolpern«, sagt Marc. »Du bist gemein!« sagt Hanna. »Aber schau«, sagt Marc, »sein Rüssel ist groß genug für seine Ohren!«

Ich öffne die Tür. Marc und Hanna drehen sich erschrocken um. Marc hält seine Hände über ein Blatt Papier. Hanna ist rot geworden, ihre roten Wangen glühen. Ich frage, ob ich mitspielen darf. »Nein«, sagt Marc. Hanna sieht Marc an, sie sagt: »Doch, er darf mitspielen.« »Na gut«, sagt Marc. Er nimmt die Hände vom Papier. »Aber mach zuerst die Tür zu.«

Wir knien alle drei am Boden. Vor uns, auf dem Blatt Papier, geht ein großer Elefant. Sein Schritt ist schwer, der Boden zittert, wenn er auftritt. Er hebt seinen großen Rüssel und trompetet. Der ganze Urwald bebt, und die Affen flüchten auf ihre Bäume. Es gibt nur einen, dem der Elefant gehorcht. Das ist Tarzan. Wenn er ruft, kommen die Tiere aus dem Dschungel. Aber Tarzan ruft nicht. »Doch ruft er«, sagt Marc, »kannst du's nicht hören?« Ich höre nichts. Hanna sagt leise: »Ich höre, wie Tarzan ruft.«

Wir malen den Elefanten an. Ich male seinen Rüssel gelb. Marc sagt: »Kein Elefant hat einen gelben Rüssel.« Hanna sagt: »Unser Elefant aber schon.« Ich sehe Hanna an. Sie ist rot. Sie schaut weg. Wir starren alle drei auf den Elefanten. Jetzt höre ich, wie Tarzan ruft.

Wir finden einen alten Koffer in Onkels Schrank. »Da sind Onkels Papiere drin«, sagt Marc. Wir öffnen den Koffer. Er ist voll mit altem Papier, vergilbten Zeitungen. Wir finden Fotos. »Das ist Onkel als Kind«, sagt Hanna. Ich sehe einen kleinen Jungen in Sporthose. Das Haus, vor dem er steht, sieht fast so aus wie unseres. Sie nimmt mir das Foto weg.

Wir können die Schrift auf den Papieren nicht lesen. Im Schrank riecht es nach alten Kleidern. An der Tür hängen viele Krawatten. Ich sehe Onkel nie mit einer Krawatte. Wir finden einen Säbel. Er blitzt, und an der Scheide hängt eine goldgelbe Kordel. Onkel war ein Soldat. Er hat im Krieg gekämpft. Ich weiß nicht, für wen Onkel gekämpft hat. Ich frage nicht. Marc sagt, Onkel war ein General. Hanna sagt: »Du lügst. Er war ein Leutnant.« Ich weiß nicht, was höher ist, ein General oder ein Leutnant. Ich sehe Onkel auf einem Pferd vor seinen Soldaten preschen. Er hält den blinkenden Säbel im gestreckten Arm. Die goldgelbe Kordel baumelt an seiner Seite. So reitet er auf die Feinde zu. Seine Soldaten folgen ihm, sie schreien, und die Feinde haben Angst. Onkel ist ein Held. Er hat den Mann mit dem Schnauzbart besiegt. Vielleicht war er aber ein Soldat vom Mann mit dem Schnauzbart. Jetzt sitzt Onkel auf seinem Stern und blättert in Papieren. Er hat den Krieg vergessen.

Es ist dunkel im Zimmer. Das Zimmer ist ein Schiff, und ich bin der Kapitän. Ich beschütze Hanna, und Marc ist mein Matrose. Das Schiff hebt und senkt sich im Sturm, aber ich halte das Steuer. Ich kämpfe Tag und Nacht mit dem Sturm, bis ihm der Atem ausgeht. Dann ist das Meer ruhig. Hanna kommt an Deck und lächelt mich an. Ich sehe Hanna und Marc an. Ich weiß, daß ich mich an diesen Augenblick erinnern werde.

Onkel und Tante haben Besuch. Sie sitzen alle in Liegestühlen im Garten und trinken aus gelben Gläsern. Die Sonne scheint so hell, daß Tante ihre Augen zukneift. Ein dicker Mann ist mit seiner Frau zu Besuch. Er hat einen Bart und trägt eine

Sonnenbrille. Wenn er lacht, gehen seine Bauchfalten auf und ab, wie wenn ein Rhinozeros in den Fluß steigt. Der dicke Mann ist lustig. Er lacht und klopft seiner Frau auf die Schenkel. Seine Frau sieht Tante an, einmal zuckt sie mit den Achseln. Die Erwachsenen sitzen in den Liegestühlen. Sie reden und reden. Onkel ist ungeduldig. Er möchte zu seinen Papieren. Ich kenne Onkel.

Man schickt uns spielen. Johlend laufen wir ums Haus. Der dicke Mann und seine Frau haben eine Tochter. Ihr Name ist Muriel. Muriel läuft mit uns ums Haus. Wir schleichen uns ins Kinderzimmer und zeigen uns unsere Pipis. Ich berühre den Spalt von Muriel. Zwischen ihren Beinen ist es ganz heiß. Hanna steht nackt vor mir. Ich getraue mich nicht, sie zu berühren. Sie steht da, sie atmet rasch, ihre Wangen glühen.

Marc ist der Doktor. Er schaut uns in den Hintern. Er sagt: »Gut, sehr gut.« Vielleicht hat er das von einem richtigen Doktor gelernt. Er zieht an meinem Pipi, und es wird hart. Muriel sagt: »Iiii.« Dann schauen auch die Mädchen in meinen Hintern. Ich stecke ein Geldstück in die Spalte von Muriel. Sie sagt: »Das tut weh.« Ich rieche ihren Schweiß.

Ich sehe den Fluß vor mir. Ein Floß treibt stromabwärts. Hanna fällt vom Floß. Ich springe in den Fluß, ich halte sie fest und ziehe sie aufs Floß. Ich spüre ihren nassen Leib, ich drücke mich an sie. Trotz des kalten Wassers des Flusses ist mir heiß. Meine Wangen glühen, ich habe Wolken vor den Augen. Ich spüre, daß mein Pipi hart ist.

Wir öffnen die Schubladen in der Küche, wir nehmen Zucker und Kümmel, wir nehmen Honig und Senf, wir nehmen Marmelade und Kaffee, wir nehmen Petersilie und Muskatnuß. Wir zählen ab, und Muriel ist die letzte. Sie muß vor der Tür warten. Wir füllen Essig in ein Glas und geben Gewürze dazu. Wir schütten Zucker und Haferflocken ins Glas. Nelken treiben auf dem Essig. Marc verbindet Muriel die Augen. Jetzt darf sie in die Küche. Wir nehmen einen großen Löffel und füttern sie. Muriel verzieht das Gesicht und beginnt zu weinen. Wir nehmen ihr die Augenbinde ab. Wir sagen ihr, daß sie jetzt ein Koch sein darf.

Wir zählen ab. Marc ist der letzte. Er muß vor der Tür warten. Wir nehmen den Saft von Zitronen, wir nehmen Öl, Joghurt, Kakao, Zimt, Pfeffer, wir nehmen Curry und Mehl und schütten Wasser dazu. Wir machen ein braunes Mus. Hanna legt Marc die Augenbinde an. Marc darf in die Küche kommen. Wir schieben einen großen Löffel braunes Mus in seinen Mund. Marc trinkt gierig vom Wasserhahn, er hört nicht auf zu trinken, er spuckt aus, er trinkt.

Wir zählen ab. Ich bin der letzte. Ich muß vor der Tür warten. Es ist ganz still. Es ist dunkel auf dem Flur. Vom Garten höre ich Onkels und Tantes Lachen. Auch der dicke Mann lacht, ich höre es. Marc, Hanna und Muriel flüstern. Jetzt kichern sie. Ich höre einen Vogel singen. Vielleicht trägt er mich fort. Dann bin ich auf meinem Stern. Es ist ganz still im Flur.

Hanna kommt. Sie verbindet mir die Augen und führt mich in die Küche. Man schiebt mir den großen Löffel in den Mund. Wie helle Strahlen gehen die Gewürze durch mich hindurch, jedes für sich, einen Augenblick lang. Dann brennt ein heißer Knoten in meinem Mund. Ich reiße mir die Binde von den Augen, ich spucke ins Waschbecken, ich trinke und trinke. Hanna, Marc und Muriel lachen. Sie zeigen mit Fingern auf mich, während ich trinke. Höre ich auf zu trinken, verbrennt meine Zunge, mein Hals. Marc zeigt mir eine Dose Chili und eine Dose Paprika und lacht. Mein Mund ist ein brennendes Haus, das keine Feuerwehr löschen kann. »Iß das«, sagt Marc. Er drückt mir ein Stück Brot in die Hand. Ich esse, aber es hilft nicht. Es ist, als könnte ich fliegen.

Ich habe einen Traum. Ich spiele mit Marc in der Garage. Wir verstecken uns. Wer den anderen zuerst sieht, hat gewonnen. Marc öffnet das Garagentor. Er steigt in Onkels Wagen, er startet und stößt langsam zurück. Onkel sitzt auf dem Beifahrersitz. Marcs Hände sind winzig auf dem großen Steuer. Vor Onkels Haus wendet er den Wagen. Er fährt über den Schotterplatz. Dort steht ein großes Haus. Sie haben die Grube ausgehoben, ich habe Quarze gefunden. Aber der Schotterplatz liegt da, es gibt kein Haus. Der Wagen schaukelt über die Schlaglöcher. Er rast vorbei, niemand ist am Steuer, ich sehe Marc nicht, nur seine kleinen Hände drehen am Rad. Ich möchte nach Onkel rufen, aber er sitzt bewegungslos auf dem Beifahrersitz. Seine starren Augen sehen geradeaus. Es ist, als wäre Onkel aus Wachs. Ich laufe dem Wagen hinterher, die Straße hinab. Meine Beine sind aus Wachs. So schnell ich auch laufe, ich komme nicht von der Stelle.

Am Ende der Straße eine Menschenmenge. Ich dränge mich durch, sie bilden einen Kreis um Marc und Onkel. Onkel liegt starr auf dem Boden. Seine Augen sind offen, aber sie sehen nichts. Sein Gesicht ist gelb. Neben ihm liegt Marc, still, bewegungslos. Ich berühre sein Knie, es fühlt sich an wie der Ast von einem Baum. Da bewegt sich Marc, wie eine Gliederpuppe, steif, und er lächelt mich an, er lächelt von weit weg, so wie eine Puppe lächelt.

Tante ruft uns in den Garten. Wir stehen vor Onkel und Tante. Der dicke Mann hat sich erhoben, neben ihm steht seine Frau, man kann fast durch sie hindurchsehen. Sie hält Muriel bei der Hand. Sie gehen auf das Garagentor zu. Muriel winkt. Hanna, Marc und ich winken.

Tante sagt: »Kommt, ich hab' was für euch.« Wir gehen mit Tante in die Küche. Sie sagt: »Seht her.« Sie hat Schokolade in den Händen. Jeder bekommt ein Stück. Wir beißen in die Schokolade, und Tante sieht aus dem Fenster. Ihre Augen sind starr. Tante ist auf ihrem Stern. Sie treibt weit weg, niemand kann sie erreichen.

Mutter träumt viel. Sie wohnt in einem großen Haus bei der Eisenbahn. Es ist eine kleine Eisenbahn, und sie fährt auf schmalen Schienen. Dreimal jeden Tag fährt die Eisenbahn dampfend am Haus vorbei. Mutter und ihre Freunde laufen dem dampfenden Zug hinterher.

Einmal ist Großvater mitten auf den Gleisen der Motor abgestorben. Der Bahnwärter hat die Bahnschranken geschlossen, und Großvater und Großmutter sind im alten schwarzen Auto eingesperrt gewesen. Der Zug hat schon im Tunnel gepfiffen, und wäre Großvater nicht einfach losgefahren und durch die Bahnschranke hindurch, er und Großmutter wären tot gewesen.

Mutter hat Großvater oft auf seinen Fahrten begleitet. Das große schwarze Auto ist das erste in der ganzen Umgebung gewesen, und immer, wenn sie an einem Häuserhaufen vorbeifuhren, lief eine Horde von schreienden Kindern hinterher. Damals hat es viele Platten gegeben, von den Hufeisennägeln der Pferde, und Mutter hat ihrem Vater oft beim Radwechsel zugesehen. Später, im großen Krieg, sind Soldaten gekommen und haben dem Großvater das Auto weggenommen. Großvater ist still geworden und hat nicht mehr viel geredet.

Meine Mutter hat mir ein Foto von Großvater gezeigt. Ein freundlicher Mann mit buschigen Augenbrauen sitzt auf einem Stuhl und lächelt mich an. Gerne hätte ich mit Großvater auf der Bank vor seinem Haus gesessen, aber er war schon lange tot, als ich zur Welt kam.

Nach dem großen Krieg hat meine Mutter beim Tanzen einen Mann kennengelernt. Dieser Mann war groß und streng, und meine Mutter hat ihn geheiratet. Er ist mein Vater geworden. Abends vor dem Schlafengehen habe ich Ei-ei mit Vater gemacht, Wange an Wange. Aber Vaters Bart hat gestochen, und ich habe lieber auf Mutters Schoß gesessen und mit ihr Nase-an-Nase gemacht.

Zu meinem Spielkameraden habe ich gesagt: »Ich möchte, daß Vater und Mutter weit weg sind auf einer Insel. Es gibt kein Schiff von dort zurück, und die Straße und die Häuser gehören uns. Wir gehen nie mehr in die Schule. Wir gründen eine Bande und sind frei wie Winnetou.« Da sind wir losgelaufen und haben den Indianerruf ausgestoßen und waren frei. Dann hat wie immer die Hundepfeife vom Nachbarn geschrillt, und er ist nach Hause getrottet. Ich habe gedacht: »Du bist ein Feigling.«

Nicht lange, nachdem ich zum erstenmal mit einem Erwachsenenrad fuhr, hat Vater mich zu sich gerufen. Im Wohnzimmer sehe ich einen bleichen Mann in einem großen blauen Sessel. Vater sagt: »Setz dich.« Er sagt: »Mutter und ich müssen mit einem Schiff weit fort übers Meer.« Ich nicke stumm und gehe in mein Zimmer. Ich weine so lange, bis es Nacht ist. Dann steht Mutter über mir. Sie gibt mir einen Kuß.

Vater und Mutter sind mit dem Schiff übers Meer gefahren. Ich weiß nicht, wie das Land heißt, in dem sie jetzt sind. Ich erinnere mich kaum noch an ihre Gesichter. Manchmal höre ich in der Nacht ihre Stimmen, und ich erwache. Alles ist stumm. Ich werde Vater und Mutter nie wiedersehen.

Ich höre Onkels Stimme durch die Wand des Zimmers. Die Stimme sagt: »Man kann ihn doch nicht einfach...« »Psst!« sagt die Stimme von Tante. »Ach, der schläft doch!« sagt Onkels Stimme. »Er darf uns nicht hören«, sagt die Stimme von Tante. Die Stimmen flüstern. Dann schreien die Stimmen. Ich will nicht hören, was sie schreien. Ich halte mir die Ohren zu. Aber Onkels Stimme ist so laut, sie geht durch meine

Hände. Ich bin taub taub taub. Ich höre nichts. Ich bin taub geboren, ich werde immer taub sein. Ich bin ein Fremdling. Ich fahre übers Meer. Ich komme in einem fremden Land an. Ich gehöre nicht hierher. Ich bin fremd fremd fremd. Ich bin taub, taub wie der Quarz von der Baugrube. Seht ihr nicht, daß ich taub bin. Seht ihr nicht, daß ich ein Fremder bin. Ich habe keine Stimme. Ich bin taub.

Ein Schatten steht in der Tür. Ich halte den Atem an. Ich bin noch nicht lange auf der Welt, und die Schatten wohnen bei mir. Der Schatten in der Tür, das ist Mutter. Sie kommt, um mir den Gute-Nacht-Kuß zu geben. Mutter bleibt in der Tür stehen, regungslos. Ich weiß nicht, wer Mutter ist. Hat mich ein Schatten geboren? Warum läßt du mich im Dunkeln, Mutter? Warum bringst du mich zur Welt und läßt mich im Dunkeln? Die Welt, das sind stickige Tücher, alte Menschen, die mich betatschen, Mutter, die ich nicht kenne. Ich möchte, daß ich nicht auf der Welt wäre. Ich möchte den Schatten nicht folgen. Mutter, ich habe Angst vor dir. Warum schweigst du, Mutter? Mutter, du bist ein Tier, aber keines aus dem Märchen. Ich fühle deine großen Zähne in meinem Nacken. Du willst deine Zähne an mir erproben. Mutter, ich habe Angst. Sag ein Wort. Komm näher. Beug dich nicht über mich, ich habe Angst, ich könnte an deinem Gute-Nacht-Kuß sterben. Du bist stumm, Mutter. Ein stummer kalter Schatten. Ich weiß, du siehst mich. Du siehst, wie ich auf dem Bett liege. Was kann ich tun, sag, was kann ich tun? Ich fürchte deine Zähne, Mutter. Geh weg, böser Schatten. Geh weg. Gib mir Zeit, auf meinen Stern zu fliehen. Laß mich gehen, bitte laß mich gehen. Bald bin ich auf meinem Stern, bald. Ich werde dem Licht folgen. Ich werde die Augen zumachen und auf meinem Stern sein.

Das Geld

Eine alte Frau steht am Herd. Sie kocht mit rostigen Töpfen. Die Töpfe dampfen und sind undicht. Die Schränke in der Küche sind aus einer anderen Zeit, sie haben Risse, sie sind spröde.

Mutter, warum kochst du mit rostigen Töpfen?

Von weit weg sieht Mutter mich an.

Sie fragt: Bist du mein Kind? Ich nicke.

Wenn du mein Kind bist, warum fragst du mich das? Wenn du mein Kind bist, dann weißt du doch, daß Vater kein Geld gibt. Du weißt doch, das Geld ist mehr wert als alles Lebende. Alles ist tot, du, deine Schwestern, dein Bruder, deine Mutter, das Haus ist tot. Nur das Geld ist lebendig. Es lebt und es vermehrt sich, weit weg auf der Bank. Das Geld ist mehr wert als das Kind und mehr wert als jeder Körper und als jedes Auge und jedes Ohr. Das Geld ist die Hand, die man dir abhackt. Aber es ist wichtiger als die Hand. Dein Vater ist das Geld. Dein Vater hat eine Brust aus Zinn. Und sein Herz schlägt im Geldtakt.

Vater lächelt niemals. Er sitzt vor dem Fernseher. Wir dürfen nicht atmen. Bewegen wir uns, werden wir durch Vaters Blick bestraft. Ich sehe in Vaters Augen. Sie sind leer und kalt. Wo ist Vater? Er ist nicht in seinen Augen. Wo ist er? Ich spüre Vaters Leben nicht. Eine kalte Hand greift nach mir, wenn Vater mich sieht. Jetzt fühle ich sein Leben. Es ist kalt wie Eisen.

Im Fernsehen sagen sie, es ist Krieg. Weit weg am Ende der Welt. Weit weg am Ende der Straße. Vaters Stirn legt sich in Falten. Zurückgelehnt in seinen Sessel. Niemand sonst darf in Vaters Sessel sitzen.

Vater sitzt da, und alles um ihn verstummt. Niemand rührt sich, wenn Vater sitzt. Vaters Rücken gebietet Schweigen. Am Ende der Straße, weit weg, sterben sie, und Vater ist das Gesetz. Vaters Stirn ist der Stern, an dem die Welt zerschellt. Vaters Falten sind Krater, alles verschwindet in ihnen. Ich treibe seiner Stirn entgegen, haltlos. Vaters Stirn ist der Felsen, an dem ich zerschelle. Vater, warum tötest du mich? Muß ich sterben? Bin ich denn am Leben? Sag, Vater, lebe ich? Hast du mich in die Welt gesetzt? Warum hast du das getan? Muß ich denn sehen und sterben? Darf ich nie die Augen schließen? Gibt es keinen Schlaf mehr? Wer hat die Namen aus dem großen Sack geschüttelt? Ist das Leben ein Mörder? Entwirre mich, Vater, entwirre meine Schraube, gib mir ein festes Gewinde, zeuge mich, mach mich stark und blond, gib Gesetz in meine Muskeln, Vater. Führ mich zurück zu den Hunden und Schlangen. Stoß mir den großen Stab in den Mund, richte meinen Rükken auf. Gib mir Leben. Gib mir deinen Namen und töte mich Fleisch. Sei mein Panzer. Geh durch mich hindurch. Durchdringe mich und wirf mich zu Boden. Huste mich aus und trete auf mich. Berühr mich mit deinem Stiefel. Gib mir das Gelbe von der Welt. Mach mich unwert und mach mich tot. Töte mich, gib mir deinen Namen.

Mutter, siehst du, daß Vater tot ist? Ja, sagt Mutter, Vater ist tot. Vater hat Papiere, überall, und auf den Papieren leben Zahlen und Buchstaben. Länger leben sie als jeder Arm und jedes Auge. Du, Vater, ich, wir sind tot von Anfang an, die Zahlen leben und wachsen, und sie wachsen bis ans Ende der Straße und aus unserem Leben hinaus.

Du verstehst mich doch, mein Kind? Du bist mein Kind, ich weiß, du verstehst. Vater ist aus Zinn. Geh nicht mehr zu Vater. Vater gehört dem Fernseher, du sollst ihn nicht berühren. Vater ist ein starker, böser Mann. Vielleicht ist Vater ein Teufel. Vielleicht ist Vater besessen vom mattglänzenden Metall. Er bewegt den Kopf, und die Kupferstimme spricht. Ich fühle, wie die Kupferstimme in mich dringt. Ich winde mich, ich strecke meine Zunge heraus, ich will nicht tönen.

Vater, ich will nicht, daß du aus Zinn bist. Ich will die Kupferstimme nicht hören. Gib mir deine Schulter, Vater. Gib mir deinen Arm. Weshalb bist du aus Metall? Du hast mir das Leben gegeben. Du willst kein Leben. Du möchtest, daß die Häuser sich vermehren, du möchtest, daß Metall zu Metall kommt. Du suchst den Tod, Vater. Der Tod macht dir Verlangen. Mich willst du töten, weil ich von deinem Fleisch bin. Dein Blut fließt in meinen Adern. Du tötest mich mit deinem Namen. Unser Leben soll ungelebt sein. Das Licht, ich hasse es.

Mutter steht an meinem Bett. Ich bin zwei Jahre alt. Ihre Hand an meiner Wange. Mutter ist schön. Sie hat langes dunkles Haar. Ich strecke meine Arme nach Mutter aus. Sie beugt sich zu mir, sie gibt mir einen Kuß. Sie sagt: »Mein Kleiner.« Das Blut weicht aus den Armen meiner

Mutter. Ihre Hand an meiner Wange ist kalt wie Metall. Langsam beugt Mutter sich zurück. Langsam heben sich ihre Arme weg von mir. Mutter steht wie aus Stein. Jetzt sind Mutters Augen glühende Kohlen. Sie starrt in die Ferne.

Mutter, hörst du mich?

Langsam dreht sie ihren Kopf zur Seite. Ihre Hand faßt ans Kinn, als säße dort ein kleines Tier. Aber es ist kein Tier an Mutters Kinn.

Mutter, siehst du mich? Mutter, kennst du meinen Namen? Mutter, ich bin aus deinem Bauch gekommen. Ich gehöre zu dir, Mutter. Ich bin dein Kind. Gib mir die Wärme deiner Wange. Laß mich nicht allein. Geh nicht fort, Mutter. Sieh mich an. Ich bin dein Kind.

Mutters Mund öffnet sich. Mutter ist eine Tigerin. Ich sehe ihre langen Reißzähne. Ich sehe blinkendes Metall. Mutters Rachen kommt näher. Ich rieche den Atem eines reißenden Tiers. Ich rieche Tierhäute und verfaultes Aas. Ich blinzle in der Sonne der Savanne. Ich bin ein Tier unter den Tieren der Savanne. Ich bin zu klein, um zu kämpfen. Die schleichenden Jäger suchen nach mir. Ich soll mein Blut dem Staub geben. Ich soll zerrissen sein. Mein Aas soll den großen schwarzen Vögeln gehören. Komm, Todesbiß.

An der Tür hängt Vaters blauroter Morgenmantel. Wenn Vater den Morgenmantel trägt, ist die Brieftasche in der Tasche des Morgenmantels. Die Brieftasche ist schwarz und dick. Niemand hat sie jemals berührt. Auch Mutter nicht. Vater hat ein Wolfsgesicht, wenn jemand in seine Nähe kommt. Niemand darf das Geld berühren. Vater nimmt es mit aufs Klo. Er nimmt es überallhin mit. Vaters Brieftasche ist ein Haus voll dunkler Pflanzen. Schlinggewächse winden sich dort um einen toten Stamm. Käfer nagen an den Bäumen, und die Hitze in den toten Baumkronen ist groß. Wilde verschlammte Tiere aalen sich in Sümpfen, und von dürren Zweigen hängen seltsame Steine an Schnüren. Das ist der Dschungel des Gelds, und niemand kann dorthin gehen. Ein Mensch würde im Dschungel des Gelds Haare und Augen verlieren. Vater ist der Beherrscher des Dschungels. Er sperrt ihn in seine dicke schwarze Brieftasche. Er öffnet sie niemals vor unseren Augen. Einmal habe ich die offene Brieftasche durch einen Türspalt gesehen. Ich habe das Gold von einer Münze leuchten sehen.

In Vaters Brieftasche gibt es ein Krokodil. Es beißt dir die Hand ab, wenn du nicht achtgibst. Das Krokodil ist unter Wasser, aber seine Augen sind über dem Wasser. Es sieht dich. Es sieht jeden deiner Schritte. Nimm dich in acht. Das Krokodil ist schnell. Es ist über dir, ehe du es bemerkst. Du selbst mußt werden wie das Krokodil, wenn du leben willst. Deine Zähne sind nicht scharf genug. Haben deine Hände Krallen? Du bist nicht tapfer genug. Du darfst das Feuer nicht fürchten. Du darfst die Flut nicht fürchten. Niemanden darfst du fürchten. Hast du nicht einen Panzer? Hast du nicht Schuppen von den Zehen bis zur Stirn? Nur deine Augen sind ungeschützt. Sieh mit ihnen alles, und laß dich nicht sehen. Sieh alles, und sei unsichtbar. Du kannst der Beherrscher des Teichs und seiner Ufer sein. Sei der Teich, sei das Ufer. Sei das Wasser. Sei das Holz. Sei die Rinde vom Baum. Sei der Käfer, der den Baum tötet.

Ich habe das Netz der großen Spinne nicht gesehen. Tief im Baumschatten ist es. Ich verfange mich in ihm. Über meinen Arm laufen die Fäden. Ich drehe mich, ich drehe mein Gesicht tief im Netz der Spinne. Meine Lippen bersten vom bitteren Salz des Netzes. Ich sehe überall die funkelnden Kristalle des Netzes. Ich erschaudere vor der Schönheit des Netzes. Und dort, im tiefen Schatten, lauert die Spinne. Ihre Greifarme regen sich. Leise bebt das Netz von ihren Bewegungen. Leise rasseln ihre Greifer. Ich liege im

Kristallstaub des Netzes, ich reiße an ihm, aber ich kann nicht fort. Ich bin schwach. Meine Brust ist eine enge Röhre. Mir ist kalt. Mir ist so kalt. Die funkelnde Schönheit des Netzes erstickt mich. Dort kommt die Spinne. Ich hasse dich, Spinne. Wer gibt dir das Recht auf mein Leben?

Wir sitzen in den blauen Sesseln. Mein Bruder öffnet seine Hand. Vater sagt: Du hast nichts geleistet. Du bekommst nichts. Da sinkt die Hand meines Bruders, langsam. Meine beiden Schwestern öffnen ihre Hand. Sie sehen Vater in die Augen. Ihr wart brav, sagt Vater. Dafür werdet ihr jetzt belohnt. Vater läßt in jede Hand ein kleines Geldstück fallen. Meine Schwestern sagen: Danke. Sie schließen ihre Hand. Sie sind rot im Gesicht. Es ist ein Geldstück, das meine Schwestern rot färbt. Das Geld ist grau. Oder es ist silbern oder braun. Oder es ist goldfarben. Aber meine Schwestern sind rot.

Vater spricht. Ich höre die Kupferstimme. Was sagt Vater? Ich verstehe nicht. Ich öffne meine Hand nicht. Ich weiß, ich bekomme kein Geld. Ich soll nicht mit dem Geld in der Hand in die Welt hinausspazieren. Ich mache mit dem Geld nur Unfug. Ich überquere die Gleise und kaufe

Eis und Schokolade. Ich mache mir meine Zähne kaputt. Ich stehle mir meinen Hunger. Ich nehme meinen Hunger und verstecke ihn vor mir selbst. Ich schade mir. Deshalb bekomme ich kein Geld. Ich bekomme kein Geld, weil ich nichts geleistet habe. Was heißt es, daß ich nichts geleistet habe? Vielleicht heißt es, daß ich Äpfel vom Nachbarn gestohlen habe. Vielleicht heißt es, daß ich mit meiner Schleuder nach Vögeln schieße. Vielleicht heißt es, daß ich mich nicht wasche. Daß ich morgens nicht aus dem Bett möchte. Vielleicht heißt es, daß mein kleines rotes Sparbuch niemals voll sein wird. Vielleicht heißt es, daß ich mein ganzes Leben lang arm sein werde. Daß ich mein ganzes Leben lang alte Kleider und alte Schuhe haben werde. Daß ich niemals in einem eigenen Auto fahren und niemals in einem Bett schlafen werde, das mir gehört. Ich möchte mir selber gehören. Ich möchte groß sein und im Wald leben, und ich möchte, daß es das Geld nicht gibt. Ich möchte keinem Menschen gehören, und ich möchte die Stimme von einem Tier im Wald haben. Ich möchte in keine Grube fallen, und ich möchte niemanden in eine Grube werfen. Ich möchte niemandem gehören. Ich möchte keinen Namen haben. Und alles soll keinen Namen haben. Die Namen sind tot wie das Geld, und sie wollen uns töten. Ich möchte von dem Haus fortgehen. Ich möchte weit fortgehen. Gibt es ein Land ohne Namen? Dorthin möchte ich gehen.

Mutters Leben ist lang wie ein Zug mit vielen Fenstern. Wer ist in dem Zug? Ich sehe den Zug vorbeirasen, ich kann die Gesichter an den Fenstern nicht erkennen. Ein Schatten, eine Hand, bin ich es an einem der Fenster? So vieles hat Mutter gesehen, und ich kenne es nicht.

Einmal ist Mutter ein Kind gewesen. Ihre Mutter hat sie im Arm getragen. Meine Mutter hat Milch getrunken, und sie hat geschrien. Später hat sie ihr Zuhause abbrennen sehen. Sie hat geweint. Jeden Tag hat sie ihr Zuhause abbrennen sehen. Mutter darf nicht wissen, daß ich Streichhölzer in der Hosentasche habe.

Mutter stopft bis tief in die Nacht die Löcher in meinen Socken. Immer sind Löcher in meinen Socken. Sie stopft ein Loch, und am Abend, wenn sie mir die Schuhe auszieht, ist ein neues Loch in der Socke. Ich laufe über die Wiesen, springe über Bäche, wate durch den Fluß. Ich ziehe meine Schuhe aus und gehe barfuß. Abends ist ein neues Loch in der Socke.

Mutter sitzt mit Nadel und Faden unter der Lampe und stopft das Loch in der Socke. Eine

Träne rinnt über ihre Wange. Die Träne hört nicht auf zu rinnen. Sie hängt an Mutters Kinn. Sie tropft auf die Socke, und Mutter stopft mit ihrer Träne das Loch.

Mutter, warum weinst du?

Es ist nichts, mein Kind, es ist nichts. Geh schlafen. Das Sandmännlein kommt gleich.

Mutter, mußt du weinen? Hat Vater dir das Glück gestohlen?

Es ist nichts, mein Kind. Du bist noch zu klein. Später werde ich dir alles erzählen.

Mutter, später wirst du mir erzählen, daß Vater nicht gut ist. Du wirst mir erzählen, daß Vater kein Geld und keine Träne gibt. Vater hat das Haus gebaut, jetzt gehört das Haus ihm und alles, was in dem Haus ist. Jeder Arm und jedes Auge, auch meine Füße und das Loch in meiner Socke gehören Vater.

Mutter ist eine Zauberin. Sie steht in der Küche, und die Töpfe dampfen und zischen. Sie öffnet das Fenster und holt die Stimme aus ihrem Rachen. Mutters Stimme wandert über die Töpfe und zum Fenster hinaus. Draußen verzaubert sie alles, und auf der Straße stehen Menschen und schauen zu Mutters Küche herein. Mutters Gesang läßt ein Röslein auf der Heide wachsen, und er bringt Regen in ein trockenes Land. Ihre Stimme ist ein Schiff, das in die Ferne segelt. Sie möchte nicht im Haus sein. Sie fliegt mit ihrer Stimme weit fort. Sie möchte nicht den ganzen Tag das Geld zählen und werden wie Glas. Mutter ist ein Kind und nie bei den Großen angekommen. Immer hat Mutter Schuhe vom Kindsein gehabt.

Jetzt steht eine alte Frau am Herd. Sie kocht mit rostigen Töpfen.

Mutter, warum kochst du mit rostigen Töpfen?

Von weit weg sieht Mutter mich an.

Mein Bruder und ich sind auf der Vogeljagd. Wir machen uns ganz klein, wir sind unsichtbar. Wir pirschen uns hinterm Gebüsch heran. Auf einem Baum sitzt eine Amsel. Sie hüllt uns in ihr Lied. Mein Bruder spannt den Bogen, der Pfeil fliegt unter der Sonne. Ein Krachen im Baum, ein Zweig bricht. Die Amsel fliegt unter der Sonne. Ich bin froh, daß mein Bruder nicht getroffen hat.

Wir schießen auf Blechdosen. Meistens treffen wir. Es kracht, wenn die Dosen fallen. Mein Bogen ist größer als ich. Ich kann ihn nicht ganz spannen. Die Sehne ist aus Draht. Sie macht meinen Arm blutig. Wenn sie reißt, tönt mein Bogen wie ein Klavier.

Ich gehe gern mit meinem Bruder auf die Jagd. Er bringt mir vieles bei. Ich bin klein und kenne nicht viele Tiere. Mein Bruder kann einen Vogel aus der Luft schießen. Mein Bruder fängt Baummäuse, und der Nachbar gibt ihm für jede tote Baummaus Geld. Der Nachbar sagt, die Baummäuse müssen tot sein. Und mein Bruder tötet sie. Der Bauer sagt, die Turteltauben müssen tot sein. Und mein Bruder tötet sie. Der Bauer sagt: Schlag den Spatzen den Kopf ab. Mein Bruder fängt mit einem Sandsieb, einem Holzscheit, einer Schnur und Mais die Spatzen, und er schlägt ihnen den Kopf ab. Das hat mir der Sohn vom Bauern gesagt.

Mein Bruder zeigt mir, wie man die Erdkäfer fängt. Wir graben Löcher im Garten. Wir schütten Seifenwasser und Öl in die Löcher. Wir warten, bis die Erdkäfer herauskriechen. Wir packen sie an den Scheren und laufen auf den Platz vor unserem Haus. Wir lassen die Erdkäfer über den Asphalt kriechen. Sie sind träge und blind. Erreichen sie das Ende des Platzes, setzen wir sie in seine Mitte zurück. Dann kommen die Vögel. Sie sitzen auf den Telefondrähten. Sie sammeln sich zur Jagd. Sie fliegen tief über den Platz. Mit ihren

Flügeln wirbeln sie Staub auf. Sie greifen sich die Erdkäfer. Sie tragen die Erdkäfer in den Himmel davon. Ich sehe meinen Bruder an.

Mein Bruder ist stark wie ein Löwe. Niemand besiegt meinen Bruder. Manchmal sieht er mich mit unbekannten Augen an. Etwas Dunkles legt sich auf seine Stirn. Ich verstehe nicht. Mein Bruder spielt mit mir. Er kitzelt mich, er rollt mich über die Wiese. Er nimmt mich in den Schwitzkasten, er drückt zu. Ich höre das Knacksen in meinem Genick. Ich kenne die Nähe des Löwen. Ich kenne seinen Geruch. Ich habe dem Löwen in die Augen gesehen. Ich will nicht sterben.

Mein Bruder redet mit den Tieren des Waldes. Er erzählt mir, wo das Reh sich im Winter versteckt. Er ahmt den Schleichschritt des Fuchses nach. Er röhrt wie der Hirsch. Er hoppelt wie der Hase. Er zeigt mir, wo die Hirschkuh kalbt. Er fängt den Fisch mit bloßer Hand. Er wirft ihn zurück in den Bach und zeigt mir, wo er laicht. Er baut einen Staudamm, fängt Fliegen und wirft sie ins Wasser. Die Fische springen. Mein Bruder ist der Waldkönig. Aber der Waldkönig ist machtlos, wenn der Stadtkönig es will. Vater ist der Stadtkönig. Vater sagt: Du leistest nichts. Und mein Bruder ist einsam. Er sitzt auf einem Sessel und hört die Stimmen der Tiere nicht. Vater sagt:

Geh auf dein Zimmer. Und mein Bruder geht müde auf sein Zimmer. Warum hat der Stadtkönig Macht über den Waldkönig? Ist mein Bruder nicht geschickter mit dem Bogen? Spricht er nicht die Sprache der Tiere? Kennt er nicht den Schleichschritt des Fuchses? Der Stadtkönig ist der König des Hauses. Ihm gehört alles, was das Haus besitzt. Ihm gehören alle Körper im Haus und alles, was lebt und was tot ist. Warum hat er diese Macht? Weil er das Geld in die Welt und in die Körper gebracht hat. Er kann klein sein und schwach und ist doch groß und stark. Er muß nicht kämpfen, für ihn kämpft das Geld. Er muß keine Freunde haben im Wald und in der Stadt, das Geld ist sein Freund. Er besitzt alle Dinge, weil er das Geld besitzt, das alle Dinge kauft. Der Stadtkönig entmachtet den Waldkönig und wird fett und gesund. Der Waldkönig erblaßt und versteht kein Wort mehr von den Wörtern der andern. Er versteht auch die Tiersprache nicht mehr. Er ist arm und geht in Lumpen. Er ist der Sklave des Stadtkönigs. Auch ich bin sein Sklave. Er hat mich gekauft für ein Geldstück. Die Macht des Stadtkönigs ist groß. Ich möchte, daß die Tiere kommen und sein Haus niedertrampeln. Aber die Elefanten sind weit weg in Afrika. Könnte ich rufen wie Tarzan, ich würde sie rufen. Aber die Wälder sind leer, man hat die Tiere bezahlt, und sie sind gestorben. Auf den Straßen fahren Autos und sind teuer. In den Zügen fährt das Geld vorbei. Nirgends gibt es Tiere. Es gibt Geld und leere tote Häuser. Es gibt den Stadtkönig und den toten Waldkönig. Vater, hast du das gemacht? Oder bist du selbst von jemandem totbezahlt worden? Wo versteckst du das Geld? Ist das Haus auch aus Geld gemacht? Gibt es kein Zimmer ohne Geld? Mein Bruder spricht nicht mehr. Es ist weit bis zum Wald, und mein Bruder ist blind. Vater, du hast ihm die Augen genommen. Hast du es ganz allein mit dem Geld gemacht? Vater, sprich zu mir. Sag mir, warum du dem Geld gehörst. Sag mir, warum du Ohren und Augen und Hände vom Geld hast. Gibt es kein Leben ohne Geld? Gibt es kein Leben?

Der Garten

Mein Junge spielt im Garten. Er ist sechs Jahre alt. Er wirft seine Beine nach vorn, und die Schaukel erreicht ihren höchsten Steigungspunkt. Er schnellt zurück, er zieht seine Beine an. Seine Haare fliegen nach hinten. Er stößt einen hellen Schrei aus. Ein Lachen.

Der Garten ist tiefblau. Es ist ein steinerner Garten. Eine Bank steht da, aus Eisen. Ich spiele im Gras. Über mir das Rauschen in der Kiefer. Ich lege meine Arme um die Kiefer. Ich habe eine Gänsehaut. Meine Beine laufen, laufen, aber sie stehen still. Oben im Baum sitzt eine alte Frau. Sie winkt mit dem Zeigefinger, aber ich folge nicht. Die alte Frau ist der rauschende Baum, sie ist sein Schatten, sie ist sein Knarren. Sie sitzt auf einem Ast und winkt nach mir. Ich möchte nicht im Astgewitter sein.

Dort kommt eine blaue Frau. Ihre Schritte sind aus dem Blau vom Garten gemacht. Ihre Füße berühren den Boden nicht. Die blaue Frau ist Mutter. Mutter lächelt mich an. Sie sagt: Meine Kleine. Dann verschwindet sie. Der Garten ist tiefblau.

Mein Junge auf der Schaukel. Es ist dieselbe Schaukel. Dieselben Stricke. Dasselbe Holz. Die blaue Stange. Dasselbe Quietschen. Er lächelt. Er sieht zum Haus. Es ist alles, wie es war. Die Geranienkörbe am Balkongeländer. Die Sansipherien wuchern in den Töpfen.

Ich stehe neben den Sansipherien. Ich bin fünf Jahre alt. In meine Lederhose habe ich viele Hölzer gesteckt. Sie sehen nach allen Seiten heraus. Das sind meine Waffen. Niemand besiegt mich. Nur die Sansipherien überwuchern mich. Ich bin klein neben den riesigen Töpfen. Die Sonne blendet mich. Ich blinzle. Irgendwo, verborgen, steht Vater. Er drückt auf den Auslöser. Er verschwindet.

Ich schließe die Augen. Ich bin schwer. Der Teich ist meine Wohnung. Ich habe Krallen an den Füßen. In meinem Maul sind tausend Reißzähne. Ich krieche durch den Garten. Hinten bei den Tannen grabe ich mich ein. Ich grabe mich unterm Gartenzaun durch. Ich krieche über die Straße. Ich schiebe meinen gepanzerten Bauch über den Kies. Niemand sieht mich. Nur die Sonne blendet. Fäulnisgeruch steigt auf. Das bin ich selbst. Ich verfaule langsam an der Sonne. Ich muß zurück zum Teich. Der Garten ist rot. Es gibt keine Steine. Nur grünes Gras. Es gibt Schatten, das ist gut. Ich werde im Schatten warten. Ich werde nicht sterben. Mein Atem ist kurz. Er reicht vom einen Ende des Panzers zum andern. Ich spüre meine Rüstung. Sie ist schwer. Ich bin stolz auf sie. Kein Feind kann mich besiegen. Nur meine Augen. Meine Augen sind in Gefahr. Meine Augen sind schutzlos. Ein Feind kann einen Pfeil durch meinen Panzer schicken. Er muß mein Auge spalten. Dann führt ihn der Pfeil bis an mein Herz. Deshalb muß ich schweigen. Ich muß im Schatten warten und schweigen.

Magda steht bei der Schaukel. Sie stößt sie an. Mein Junge lacht. Magda ist gut zu ihm. Er ist noch zu klein, um zu wissen. Zu wissen, daß überall die kalten Zimmer sind. Die Zimmer mit dem Eisen. Die Zimmer ohne Stimme. Ich sehe meinen Jungen in diesen Zimmern. Noch weiß er nicht. Noch hallt sein Lachen von der Schaukel.

Ich hielt ihn im Arm. Ich stillte ihn. Es waren wenige Wochen. Es war, bevor ich zum ersten Mal ein Panzertier war. Ich war eine Frau. Ich war Mutter. Dann war der Garten rot. Ich war schwer. Der Panzer war so schwer. Ich kroch zum Teich. Ich stank. Ich verfaulte. Ich verbarg mich im Schatten. Irgendwann fielen Netze über mich.

Mein Junge an meiner Brust. Ich halte sein Leben im Arm. Du wirst in der Welt sein. Du wirst Anzug und Krawatte tragen. Wer wirst du sein? Hab Erbarmen mit der Alten, die ich sein werde! Du hast eine Mutter, vergiß das nicht. Niemals. Magda stößt die Schaukel an. Mein Junge lacht. Sie stößt mehr und mehr. Mein Junge quietscht. Die Freude bricht aus ihm heraus.

Es ist eine Thuja-Hecke. Vor der Hecke ein rostiger Maschenzaun. Ich habe Rost an den Händen. Mein Junge quietscht noch immer. Mein Rücken schmerzt. Ich bin nicht alt. Ich bin eine Frau. Dort im Garten ist mein Junge.

Mutter bekommt ein Fahrrad. Alles ist blau. Auf dem Gepäckträger eine Bananenschachtel. Vorn an der Lenkstange zwei große Plastiksäcke. Mutter trägt ein blaues Kleid. Sie sagt: Huuuuh! und setzt die Plastiksäcke ab. Ich sehe Mutter mit dem Fahrrad durch die Stadt fahren. Mit dem blauen Kleid. Die Knie weit oben. Die gebogene Lenkstange. Ein freundliches Lächeln. »Grüß Gott, Herr Hofrat! Grüß Gott, Herr Ingenieur!

Gruß an die Gattin!« Ich schäme mich für meine Mutter.

Mutter hat Äpfel gekauft. Mutter hat Kekse gekauft. Ich helfe Mutter beim Auspacken. Darf ich einen Apfel essen? Ja, sagt Mutter. Darf ich ein Keks haben? Ja, sagt Mutter. Mutter streichelt meine Wange. Du bist meine Kleine. Meine Kleine, sagt Mutter. Ich bin ein gutes Mädchen. Ich helfe Mutter in der Küche, obwohl ich noch klein bin. Mein Bruder ist böse. Er läuft hinter mir her, er will mich verhauen. Er läuft im Garten hinter mir her, ich schreie. Mutter öffnet ein Fenster. Laß mein Mädchen in Ruhe, sie ist noch so klein! Mein Bruder führt mich an die Steinmauer, sein Mund an meinem Ohr. Er atmet ganz fest. Mein Bruder ist ein Orkan. Er läuft mit dem Wind um die Wette. Er kommt von weit her. Er hat ein Geheimnis. Er geht weit fort. Ich weiß nichts von meinem Bruder. Sein Atem an meinem Ohr. Das ist vielleicht so, wie wenn in der Nacht die Sternschnuppen in mein Bett fallen. Ich halte den Atem an, ich wünsche, ich wünsche.

Die Welt ist rot. Ich krieche übers rote Gras. Ich bin schwer wie ein Berg. Die Tannen sind so hoch. Waren die Tannen schon immer so hoch?

Mit meinen Krallen wühle ich in der Erde. Mein Panzer ist aus Dreck. Ich habe keinen Namen. Wieder die Fäulnis, wieder. Schnell, dort ist Schatten. Ich verfluche meinen Panzer. Ich verfluche meine Augen. Durch sie bin ich verwundbar. Ich bin ein Panzertier. Das schrecklichste aller Tiere. Ich zermalme alles in meinem Riesenmaul. Ich schleppe mich durchs Gras, und alles Leben verbirgt sich. Wo ich bin, ist Wüste. Alles Leben verbirgt sich. Und ich lechze nach dem Teich. Ich verfaule an der Sonne. Ich ersticke an meinem Gestank. Der rote Garten ist mein Gefängnis. Mutter und Vater sind verbrannt. Ich rieche ihren Tod. Das Wasser ist verfault. Mein Panzer ist brüchig. Wasser. Der Teich. Wasser.

Magda hält meinen Jungen im Arm. Sein Arm um ihren Hals. Schläft er? Ist mein Junge krank? Sie trägt ihn zum Haus. Deine Arme sind so dünn. Geben sie dir nicht genug? Magda, trag ihn nicht in die kalten Zimmer. Leg ihn auf die Terrasse. Trag ihn nicht in die kalten Zimmer. Trag ihn nicht zu dem Eisen. Trag ihn nicht in die Zimmer ohne Stimme. Der Rost an meinen Händen. Ich sehe nicht. Was geschieht mit ihm? Weshalb laßt ihr mich nicht zu ihm? Weshalb habt ihr mir meinen Jungen genommen? Wißt ihr, daß ich lebe?

Mutter, sprich du zu ihr. Du weißt, ich bin gut. Mutter, sag ihr, daß ich gut zu meinem Jungen bin. Mutter, du hast mich getragen. Du hast meine Wange gestreichelt. Alles, was ich weiß, weiß ich von dir. Du warst gut zu mir. Komm zurück, Mutter. Komm zurück in deinen blauen Garten. Alles ist noch da: der Teich, die Tannen, die Bank, die Kiefer. Ich bin da, Mutter. Hier an der Hecke. Meine Hände voll Rost. Ich bin da. Mutter, hörst du mich? Komm zurück. Sei bei mir. Sei bei mir im blauen Garten.

Der Garten ist steinern. Eine Bank steht da, aus Eisen. Über mir das Rauschen in der Kiefer. Ich lege meine Arme um die Kiefer. Meine Beine laufen, laufen, aber sie stehen still. Oben im Baum die alte Frau. Sie winkt mit dem Zeigefinger. Die alte Frau ist der rauschende Baum, sie ist sein Schatten. Sie sitzt auf einem Ast und winkt nach mir. Ich möchte nicht bei den Schatten sein. Ich möchte nicht zum Rauschen in der Kiefer. Mein Junge. Magda trägt ihn ins Haus. Sie trägt ihn in die kalten Zimmer. Laß mich zu ihm, Magda. Ich bin zurück. Magda, ich bin nicht, wie du denkst. Es ist vorbei. Ich bin zurück.

An meinen Händen der Rost. Früher war es mein Garten. Die alte Frau in der Kiefer, sie winkt. Sie sitzt oben in der Kiefer und winkt nach mir. Mutter, du bist weit weg. Du kommst nie wieder, sag, daß du nie zurückkommst. Sag es. Sag es in deinem blauen Garten. Gib mir dein Lächeln. Leg deine Hand auf meine Wange. Sprich zu mir, Mutter. Siehst du, daß ich Rost an meinen Händen habe? Der Zaun ist so hoch. Die Hecke ist dicht. Ich möchte zu meinem Teich. Wirst du mir meinen Teich zurückgeben? Ich bin so schwer, Mutter. Ich kann nicht klettern. Meine Hände sind so schwer. Siehst du meine Krallen? Ich werde mich unter dem Zaun durchgraben. Ich brauche Schatten. Ich verfaule an der Sonne. Ich stinke. Mein Panzer ist brüchig. Mein Atem wie Pest. Mein Maul steht weit offen. Wasser. Es gibt kein Wasser für meine Wüste. Ich bin so schwer. Ich zermalme das Gras. Wasser. Der Teich. Wasser. Der Garten ist rot.

Inhalt

Deutschsprachige Literatur
in der edition suhrkamp:
Prosa

Aebli, Kurt: Küss mich einmal ordentlich. Prosa. es 1618
- Mein Arkadien. Prosa. es 1885
Batberger, Reinhold: Drei Elephanten. es 1459
Becker, Jürgen: Ränder. es 351
- Umgebungen. es 722
Beyse, Jochen: Bar Dom. Erzählungen. es 1930
- Ultraviolett. Erzählung. es 1603
Bleisch, Norbert: Viertes Deutschland. Erzählung. es 1719
Böni, Franz: Alvier. Erzählungen. Mit einem Nachwort von Samuel Moser. es 1146
- Hospiz. Erzählung. es 1004
- Der Johanniterlauf. Fragment. es 1198
Braun, Volker: Berichte von Hinze und Kunze. es 1169
- Es genügt nicht die einfache Wahrheit. Notate. es 799
Brecht, Bertolt: Die Geschäfte des Herrn Julius Caesar. Romanfragment. es 332
- Prosa. Bd. 3. es 184
Buch, Hans Christoph: An alle! Reden, Essays und Briefe zur Lage der Nation. es 1935
- Die neue Weltordnung. Bosnien, Burundi, Haiti, Kuba, Liberia, Ruanda, Tschetschenien. es 1990
Cavelty, Gion Mathias: Quifezit oder Eine Reise im Geigenkoffer. es 2001
Dischereit, Esther: Joëmis Tisch. Eine jüdische Geschichte. es 1492
Döring, Bianca: Ein Flamingo, eine Wüste. Erzählung. es 1588
- Schnee und Niemand. Prosa. es 1779
Drawert, Kurt: Haus ohne Menschen. Zeitmitschriften. es 1831
- Spiegelland. Ein deutscher Monolog. es 1715
Enzensberger, Hans Magnus: Deutschland, Deutschland unter anderm. Äußerungen zur Politik. es 3313
- Der Weg ins Freie. Fünf Lebensläufe, überliefert von Hans Magnus Enzensberger. es 759
Erste Einsichten. Jüngste Prosa aus der Bundesrepublik. Herausgegeben von Christian Döring und Hajo Steinert. es 1592
Franzobel: Die Krautflut. Erzählung. Mit einem Nachwort von Thomas Eder. es 1987
Fritsch, Werner: Steinbruch. es 1554
Goetz, Rainald: Kronos. Berichte. es 1795

300/1/12.96

Deutschsprachige Literatur
in der edition suhrkamp:
Prosa

Grill, Evelyn: Wilma. Erzählung. es 1890
Gruenter, Undine: Epiphanien, abgeblendet. 56 Prosastücke. es 1870
Gstrein, Norbert: Anderntags. Erzählung. es 1625
– Einer. Erzählung. es 1483
Hänny, Reto: Ruch. Ein Bericht. es 1295
– Zürich, Anfang September. es 1079
Hensel, Kerstin: Im Schlauch. Erzählung. es 1815
Hesse, Hermann: Tractat vom Steppenwolf. Nachwort von Beda Allemann. es 84
Hettche, Thomas: Inkubation. es 1787
Jansen, Johannes: Heimat. Abgang. Mehr geht nicht. Ansätze. es 1932
– Reisswolf. Aufzeichnungen. es 1693
– Splittergraben. Aufzeichnungen II. es 1873
Johnson, Uwe: Ingrid Babendererde. Reifeprüfung 1953. Mit einem Nachwort von Siegfried Unseld. es 1817
– Jahrestage. Aus dem Leben der Gesine Cresspahl. Band 1. es 1822
– Jahrestage. Aus dem Leben der Gesine Cresspahl. Band 2. es 1823
– Jahrestage. Aus dem Leben der Gesine Cresspahl. Band 3. es 1824
– Jahrestage. Aus dem Leben der Gesine Cresspahl. Band 4. es 1825
– Mutmassungen über Jakob. Roman. es 1818
– Porträts und Erinnerungen. Herausgegeben von Eberhard Fahlke. es 1499
– Versuch, einen Vater zu finden. Marthas Ferien. Tonkassette mit Textheft. Mit einem editorischen Bericht von Norbert Mecklenburg. es 1416
Kirchhoff, Bodo: Body-Building. Erzählung, Schauspiel, Essay. es 1005
– Legenden um den eigenen Körper. Frankfurter Poetikvorlesungen. es 1944
Klix, Bettina: Sehen Sprechen Gehen. Prosa. es 1566
Kluge, Alexander: Gelegenheitsarbeit einer Sklavin. Zur realistischen Methode. es 733
– Schlachtbeschreibung. Roman. es 1193
Koeppen, Wolfgang: Morgenrot. es 1454
Krechel, Ursula: Mit dem Körper des Vaters spielen. Essays. es 1716
Küchler, Sabine: In meinem letzten Leben war ich die Callas. es 1799
Laederach, Jürg: Eccentric. Kommentare. es 1928
– Schattenmänner. Erzählungen. es 1929
– Vor Schrecken starr. Fixierungen, Stechblicke, Obsessionen. es 1503

300/2/12.96

Deutschsprachige Literatur in der edition suhrkamp: Prosa

Laederach, Jürg: Der zweite Sinn oder Unsentimentale Reise durch ein Feld Literatur. es 1455
Leutenegger, Gertrud: Das verlorene Monument. es 1315
Maeffert, Uwe: Bruchstellen. Eine Prozeßgeschichte. es 1387
Mattenklott, Gert: Blindgänger. Physiognomische Essays. es 1343
– Umschreibungen. Das Hier und Jetzt in den Künsten. es 1887
Mayröcker, Friederike: Magische Blätter. es 1202
– Magische Blätter II. es 1421
– Magische Blätter III. es 1646
– Magische Blätter IV. es 1954
Meinecke, Thomas: The Church of John F. Kennedy. Roman. es 1997
Middendorf, Klaus: Wer ist Patrick? Oder: Das Tagebuch. Roman. es 1701
Morshäuser, Bodo: Hauptsache Deutsch. es 1626
– Revolver. Vier Erzählungen. es 1465
– Warten auf den Führer. es 1879
Muschg, Adolf: Herr, was fehlt Euch? Zusprüche und Nachreden aus dem Sprechzimmer des heiligen Grals. es 1900
Ein Pronomen ist verhaftet worden. Die frühen Jahre in Rumänien - Texte der Aktionsgruppe Banat. Herausgegeben von Ernest Wichner. es 1671
Rabinovici, Doron: Papirnik. Stories. es 1889
Rakusa, Ilma: Steppe. Eine Erzählung. es 1634
Rosenlöcher, Thomas: Die verkauften Pflastersteine. Dresdener Tagebuch. es 1635
– Die Wiederentdeckung des Gehens beim Wandern. Harzreise. es 1685
Roth, Patrick: Die Wachsamen. Drei Monodramen. es 1614
Runge, Erika: Frauen. Versuche zur Emanzipation. es 3316
Schleef, Einar: Die Bande. Erzählungen. es 1127
Schöne Aussichten. Neue Prosa aus der DDR. Herausgegeben von Christian Döring und Hajo Steinert. es 1593
Split: Apfelsinen im Hals. Geschichten. es 1558
Stauch, Wolfgang: Eine schlechte Geschichte. es 1712
Struck, Karin: Kindheits Ende. Journal einer Krise. es 1123
– Klassenliebe. Roman. es 629
Thank You Good Night. Herausgegeben von Bodo Morshäuser. Alle Fotos: Michael Strauss. es 1227
Vogl, Walter: Hassler. Frequenzritte eines Straßenkehrers. es 1182

300/3/12.96

Deutschsprachige Literatur in der edition suhrkamp: Prosa

Von nun an. Neue deutsche Erzähler. Herausgegeben von Hans-Ulrich Müller-Schwefe. es 1003
Walser, Martin: Eiche und Angora. Eine deutsche Chronik. es 16
– Die Gallistl'sche Krankheit. Roman. es 689
– Geständnis auf Raten. es 1374
Weiss, Peter: Abschied von den Eltern. Erzählung. es 85
– Die Ästhetik des Widerstands. Roman. es 1501
– Fluchtpunkt. Roman. es 125
– Das Gespräch der drei Gehenden. es 3302
– Notizbücher 1960-1971. 2 Bde. es 1135
– Rekonvaleszenz. es 1710
– Der Schatten des Körpers des Kutschers. es 53
Sinclair (P. Weiss): Der Fremde. Erzählung. es 1007
Winkler, Josef: Die Verschleppung. Njetotschka Iljaschenko erzählt ihre russische Kindheit. es 1177

300/4/12.96